洗錢大獨家

慾望・權力・腐化的人心

生動描繪出「**海外洗錢**」的犯罪推理情節

Money laundering

「林佛兒推理小說」首獎得主

余心樂　最新力作

編輯的話

有系統地將過去發表過的舊作重新加以彙整，內容及文字予以增刪修潤，使之「重現江湖」，這對作者而言，是他一生從事書寫的留痕；對讀者來說（尤其年輕世代），可以從頭認識本書作者投入犯罪推理小說此一文型／文類的創作脈絡及其作品風格演進的軌跡。此外，自時代與社會發展的角度觀之，更能從本書作者的字裡行間捕捉一九八〇年代末期迄至二〇〇〇年代初葉瑞士社會風貌，以及處於這段歲月那個社會環境之下華洋互動的情景。

本書作者余心樂（原名朱文輝），熱愛文學創作及對語言現象的觀察，打從一九八〇年代末期開始，就將全部熱情投注於當代華文文學領域較為少人注意的犯罪推理文學之上，成為這塊天地極為少數幾個先行者之一，畢生以創作「**精耕台灣本土、接軌中國大陸、放眼環球國際**」的犯罪推理文學為職志，大有衣帶漸寬終不悔的旺盛企圖心懷。

在這本《**洗錢大獨家**》的集子裡，讀者可以看到余心樂三個不同時期、作品風格迥異的犯罪推理小說面貌。〈**松鶴樓**〉一篇，是屬本格推理之作，命案的場景發生於蘇黎世一家中國餐館內，在案情的描述過程當中，推理的邏輯嚴密，是英式傳統偵探小說的寫法；〈**郵差總是不按鈴**〉屬於犯罪鬥智之作，事件發生的地點為瑞士首都伯恩市，雖然沒有血腥的命案場景，但主角如何動腦筋去分析事件的來龍去脈、使之眞相浮一大白的過程，令讀者產生欲知結局的緊張期待心情則一。以上兩作均係以台灣留瑞大學生張漢瑞為主角。至於〈**洗錢大獨家**〉一篇，則以眼前台灣政壇的事件為背景，早在二〇〇八年三月二十二日總統大選之前便以推理小說作家獨具的觀察眼光杜撰了事後證諸其距離事實不是很遠的預言之作（阿扁的海外洗錢案是二〇〇八年八月十四日才正式爆發曝光的）。

本社今後將陸續推出余心樂創作以張漢瑞為主角的探案故事，在出版計劃中新舊交叉推出，逐步形成系列。敬請親愛的讀者熱情捧場，耐心期待。

秀威出版社　二〇〇八年九月

以「讀」工「賭」——
犯罪推理文學與我

若要問我**推理文學的創作歷程，怎樣走上這條路子、目前的創作方向是什麼**等等，就不得不一提近十年來我在瑞士參與兩年一度推理作家聯誼活動的情形。面對德語讀者，我也必需經常回答上述的問題。瑞士讀者總是好奇問我，爲什麼一個來自台灣、以華文從事寫作的「外籍作家」會在瑞士寫起犯罪推理小說來？

自二〇〇一年的十月開始，我便正式應瑞士犯罪推理文學作家俱樂部的邀請，參加每兩年舉辦一次作家同仁面對瑞士德語區讀者的聯誼活動。這個活動叫作「××××年瑞士謀殺日」（例如Mordstage 2007 in der Schweiz）。其主要的形式與內容是：一般多以一週的時間，分選城市，在各公共場所（如旅館、餐廳、書店或民眾活動中心等）與地方的觀光或文化機構合作，安排作家面對觀眾朗讀自選作品的片段，須購票入場，並有酒水招待（請參閱http://www.swissinfo.ch/chi/swissinfo.html?siteSect=105&sid=8327791）。

我經年累月沉浸在犯罪推理文學的世界裡，屈指算來，包括慘綠少年時代的閱讀期在內，大約也有四十年的歷史了吧。到二〇〇八年三月十二日，我旅居瑞士便滿三十三個寒暑。也就是說，泊居的歲月，要比在原鄉台灣成長的歷程多出六個年頭。擁有這種生活環境的條件，我得以深入掌握這兩個語文世界的人文與社會風貌。我把自己對兩個語文世界的體驗和觀察心得化作文字，一絲一縷編織成作品裡的小說情節。我常向自己提出這麼一問——為什麼有人會、甚至「必須」傷害自己身外的他人（或其它族類的人）？就以我僑居的瑞士來說吧，為什麼一個瑞士人「會」或「要」去傷害一個華人？反過來亦然。從民性、文化、心理及社會差異的角度來觀察、解析這個問題，是蠻有意思的。然後，將心得藉由犯罪推理小說的形式來闡述，便成了我心靈活動的最愛。此外，我也趁此發揮自己介於兩個文化情境所應扮演的角色，有意在文化傳播與交流上略盡一點棉薄的心力。

至於我所喜愛的創作風格與類型，則比較偏向於當前亞洲人（尤其華文世界及日本）比較受歡迎的「英式古典傳統偵探小說」與「歐洲大陸的社會批判與心理犯罪小說」，取其兩派之長、補其之短，加以混合成為自己的型格。「**誰是真兇？**」（Whodunit）及「**為何犯案？**」（Whydunit）對我而言，份量與意義相等，娛樂效果各有千秋，處理得好，兩者都能對讀者產生緊張的閱讀效果。

所以我常跟朋友說，犯罪推理小說會把人「誘」進極度緊張的情境；而，小說情節中偵探蒐資與推理分析乃至眞相大白、水落石出的過程，也往往讓讀者被懸宕綁架的一顆緊張心情得到至大的舒解。這一文脈之所以引人入勝的地方，正在這裡。

我在瑞士正式下海操筆創作推理小說是一九八七年。在那之前，回溯我在台灣唸中學和上大學的時代（一九六〇至一九七二年），是我大量閱讀翻譯作品的歲月。大學畢業前也試著在閱讀之餘執筆創作過少數的中、短篇偵探小說，發表於那時的《偵探雜誌》。由於自己唸的是德文系，也在當時的《皇冠》雜誌及《中時》人間副刊譯些德語世界的短篇犯罪小說發表，賺取零用錢。記得出國前（大概是一九七三或七四年吧？），還自英文翻譯了克莉絲蒂的長篇〈死人的愚行〉在當時的《大華晚報》連載。在瑞士唸書課餘更是大量閱讀世界——尤其是歐洲各國著名犯罪推理小說的德譯本。讀多了人家的東西，自己心裡不免這麼想：為何華文世界沒人「下海」獻身這門文學，試著與西方的作品爭峰呢？基於這個念頭，我便開始把自己多年來閱讀的心得與筆記整理寫成「偵推文學面面觀」在台北的《推理雜誌》連載。該雜誌的創辦人林佛兒自己也寫推理小說，並出錢辦徵文比賽，培育了當今在台灣推理小說界相當優秀的第一代創作人才如葉桑、思婷、藍霄、既晴……等人，也給景翔、黃鈞浩、陳銘清等同道提供了評介與論述的平台，然後在他們的努力之下，由一九九〇年代開始至今，又接棒推動具有台灣本土特色的推理文學，陸續造就了像林斯諺、冷言、寵物先生等多位更具發展潛力的二十一世紀新生代年輕推理新秀。而我個人雖然萍飄海外，卻也很有幸能「腳踏兩條船」，與歐洲及台灣兩地的推理界保持密切的聯繫與互動；自己更是開始自我挑戰，在華文及德文的寫作領域裡以創作帶有兩種生活體驗與人文特色的犯罪推理小說為職志。

犯罪推理小說在歐美及日本早已成為文化活動的要素，更是日常生活的一部份（例如每晚八點檔的電視推理影集）。尤其許多作家，不管其筆路是偏向於愛情的探討或是社會、政治、人性及心理的剖析，如今多試著透過犯罪推理小說這個形式來傳達執筆創作的理念。這麼說吧，在華文世界傳統的報紙副刊或一般大眾雜誌的版面裡，我們經常可以讀到描寫日常生活各種人際互動及男女關係的細碎瑣事；在西方，至少在德語世界的報章副刊裡，便極少有這樣的文章出現，尤其柴米油鹽醬醋茶的湯湯水水以及婆婆媽媽、男女情事等的「生活敘述」。但我發現，透過犯罪推理小說的閱讀，往往可以從作者的字裡行間接觸到許多與日常生活有關的寶貴訊息。至少，我對北歐或南歐乃至世界其他許多國家、地區社會與人文的瞭解，除了每日接觸的新聞資訊之外，緊張而扣人心弦的犯罪推理小說，眞的足以充實我的知識。所以我說這是**以「讀」工「睹」——閱讀，可以抵補見聞之不足！**

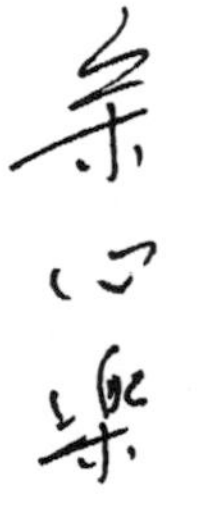

原載於二〇〇八年四月號台北《文訊》雜誌

Money laundering

洗錢大獨家

目次

松鶴樓

Money
laundering

1

頭頂上那座巨型油煙機轟轟作響，轟得叫人耳鬼游離。

嘩啦嘩啦的一陣急速翻炒，猛然「霍」的一聲，像表演吐火藝人口中飛射出來的一團大火球，先是從炒鍋背底往四處噴張，然後一股勁捲進鍋內。

大廚黃仲達，中等個兒，給人精壯的印象，左手大拇指緊緊扣住其餘四指托著的鑊柄（註：粵語「鑊」即「炒鍋」），當然其中裹著一層厚厚的布隔熱，趁勢舉起鑊，將裡頭的雞丁和配料朝向空中拋幾拋，火花隨著鑊內的食料閃動跳躍，甫才誇張地摔下鑊，與爐灶交互激出「碰」的一聲脆響，右手已熟練地將執著的不銹鋼炒杓伸到右前方的大深鍋中，取了半瓢高湯潑進鑊內，不但撲熄了那奪人眼目的火團，還因接觸鑊面的高溫而發出「滋——」的尖銳蒸湯之聲。

趁著雞丁和菠蘿塊、洋蔥片還在鑊底熱呼呼蒸騰之際，張漢瑞已從灶爐下端的烤箱取出兩只烘得燙熱的橢圓形碟子，擺放在大師傅面前。

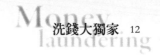

大師傅全神貫注在炒杓和鑊面上，蓄著查理士布朗遜式小鬍的臉部表情極爲認眞，像個畫家面對眼前的畫布在揮動畫筆一般。

他飛快伸出作成勾狀的五指，去抓溶在碗裡的白色芡粉，放進炒杓，用食指攪了一攪，潑進雞丁和菠蘿、洋蔥之中，又順手抓了一小把腰果丟進去，再托起整隻鑊，用杓略微翻動兩下，便一骨碌分成兩份，扒進跟前的兩只盤碟中。

他按動牆上的掣鈕，關掉油煙機，這座佔地面積不算大的廚房便倏地冷靜了下來。這是他每炒完一道菜的習慣動作。凝聚於上下四周的油煙、窒悶和緊張的氣氛，也暫時得到抒解，只剩下那名專職清洗碗碟的西班牙籍女幫工在那兒擦擦洗洗的碗碟碰撞聲。

漢瑞拉開分隔吧間與廚房那道牆的小窗，將炒好的兩碟腰果菠蘿雞丁推送出去，交給侍者端給客人。

「我丟佢老母嗨——」黃仲達捲起右手的白袖子，抹抹額頭的汗水，用廣東粗話自言自語罵道：「都已經七點鐘了，才來這麼一張桌子，這些傢伙非要過了八、九點鐘不來，而且一來就是一大幫同時上門，簡直是拿景增興，存心搵笨（耍凱子）的嘛！」

張漢瑞可沒有因爲大師傅炒完一道菜送了出去而閒下手來。他一面忙著將裹好炸粉的大明蝦一隻隻往熱得在油鍋內翻騰的滾油裡放，一面不停替大師傅「抓麻」（註：將大廚所要下鍋的某道菜按份量將料配好，置於一旁待用），出完下一道的「羅漢齋」和「甜酸大明蝦」，眼前這一桌的單子便算做完了。

說得也是，漢瑞心裡也跟著起嘀咕。過了八、九點鐘客人才上門，不但單子擠成一堆，各道菜式逐個逐個炒，逐個逐個出，忙得在那方寸之地手舞足蹈，東繞西鑽，像隻失魂蒼蠅，有時出菜出得稍微慢了一些，外頭的侍者不時會探個頭進來催駕，特別是那個擺出一副自以爲是老闆娘架勢的安娜・柯勒（Anna Koller）小姐，臭臭的嘴臉，教人見了煩上加煩。此外，廚房的工作人員勢必要因此做得較晚才收工。要是在八點鐘以前，客人前前後後分批進來坐滿了，該多好！這樣，輕輕鬆鬆的出菜，最遲在十點半鐘便可以做完，收拾妥當之後放工回家。

雖說是按鐘點支領工資的計時工，愈晚放工對自己收入愈爲有利，但是，今晚有心想早一點回去，而且一個鐘頭才十一塊瑞郎的工資說來並不算高，今晚就少賺它一、兩個鐘頭也罷，因爲還有更重要的事等著他去做哩。

今天下午郵差送來某家大翻譯社付郵快遞的兩件翻譯委託，其中一件是某中型錶廠最新的產品型錄，大約有五頁，希望他能趕譯成中文，在十二月五日星期六也就是明天晚上以前，直接寄到委託客戶的私人住處，因爲該客戶星期日中午要搭機赴遠東，想順便攜帶這份中譯文到香港請印刷廠代印；另外一件則是有關瑞士某家著名電子企業公司最近開發出來的新型汽車電話及行動電話設備。印在彩色型錄上的產品，洋洋灑灑不下十餘種，是最近才在西歐時興的新玩意。這項產品，對於經常在外奔波的企業家或生意人最爲實用。漢瑞推測，大概這家公司已對亞洲地區幾個新興的準工業國家做好市場調查工作，認爲未來幾年之內的市場遠景看好，才決定請人翻譯印製中文版的型錄，以便進軍星、港、台等地的市場。

老實說，幹翻譯工作比起在餐館打工，其間的待遇差距眞是不可以道里計。

一頭鑽在那又悶又熱、油氣沖天的廚房裡手舞足蹈，每小時的代價是十一瑞郎，而替翻譯社譯一行五十五個字母的文字，可輕易獲得三至四瑞郎（約折合三〇至四〇元新台幣）的酬勞，口譯酬勞則除每小時六〇瑞郎之外，還有車馬費、誤餐費以及「時間損失費」（即由住處前往傳譯地點的「出動費」）可以支領。這種待遇，怎麼可以和在餐館廚房幫工相比呢？

只是，翻譯的工作並不是天天甚至每週都會找上門來的。

不管怎麼樣，今天下午收到的那兩件翻譯委託都是急件。其中一件，社方已答應客戶最遲至本週六、另一件下週一交件。所以，必須在明天上午十一點趁郵局關門以前趕去，將兩份譯件利用快遞交寄。

他略微算了一算，這兩份譯件可以賺到大約二百五十元瑞郎的外快。只是，有關新型汽車電話和隨身電話機型錄部份，他還沒有時間動手。原先盤算好在餐館放了工後，回到住處趕一、兩個小時夜工，就算回到家已經十一點半了，連譯帶用工整字體抄寫譯文，估算大約只需兩個小時，大概在凌晨二時可以完工，明天睡到上午十點起來趕到郵局都還來得及！

雖然本行學的不是機械或電子，但手錶及電話之類的產品他都不陌生，沒有什麼特別難懂的專業術語。尤其後者，好像最近幾個月來突然之間活躍於各報章雜誌的廣告欄，廠牌有三、四種之多，已經看得很熟悉了。

好罷，今晚就捨命陪君子開夜車把它趕出來，免得明天萬一睡過頭來不及。

「轟——」

油煙機不知打何時又發動了起來。

黃仲達把備妥多時放置一旁的菜料倒進鑊內，將爐火扭大，扯開喉嚨對張漢瑞說：「Herry，炒完這道羅漢齋，你的大明蝦也炸出去之後，咱們可以暫時歇一歇，等到八點鐘再說了。你還有哪些東西要切的？粉絲都燙好了吧？冬菇泡了沒有？」

當二手的便是這麼一回事：大廚炒菜時，他得在一旁照著外頭送進來的點菜單配料，其間還得幫忙炸魚、炸蝦、洗菜、切菜、裝飯、出菜，一樣接一樣，實在夠嗆人的。

幸虧碗盤另有一個西班牙婆專門負責，不必自己洗。要不然，十一瑞郎一個小時，才不幹呢。

抬頭望望壁上的電鐘——七點二十五分。下面幾批客人訂的位子都要在八點鐘以後才會上門。——八點就八點吧，今晚反正是遲定的了！

2

「Herry，你條鬼妹（粵語：妳的洋馬子）幾時來探你呀？聽說是首都下邊（指蘇黎世以南的伯恩）的大學妹哩，你好使得（你眞有本事）。」黃仲達摘下頭上那頂廚師專用的白紙帽，權充扇子朝著胸口猛搧，聽不出他是在恭維，還是在揶揄？

「你說是北亞？她後天才上來，我們一起互相幫忙溫習功課。」

「溫習個鬼功課！」黃仲達不以爲然，抓起擺在窗架上的大茶盅，咕嚕咕嚕灌了幾口，追問不捨：「看你們糖黐豆的樣子，你會娶她作老婆嗎？你老豆老母在台灣知不知道你們之間的事？」

「這個——」張漢瑞猛然被這個直截了當的問題給問住。眞快，都已經一年又四個月了！去年（一九八六）夏天，在麥靈根的「有幸小居」客棧認識在那兒打工的艾北亞。認識她的時候，正好漢瑞當導遊帶了一團台灣來的遊客投宿客棧，不幸發生那件密室命案，適巧當時北亞也在那家客棧的餐廳部打暑期工當女侍。

那團台灣遊客在晚餐時舉辦了一場熱鬧的餘興晚會，她和漢瑞聊得十分投緣。後來漢瑞發揮不可思議的推理能力，漂漂亮亮地解破了那件詭譎複雜的密室謀殺命案，北亞對這位台灣來的留學生更是佩服得五體投地。他回蘇黎世後不到一個星期，便接到她從伯恩寄來的信，說她既然在伯恩大學唸的是民俗學，又對東亞尤其是中國的事務特別感興趣，決心從當下開始學習中文，也許畢業後會到台灣或中國大陸去看看，多學點東西。如果他願意，她可以每個週末或星期日上蘇黎世來請他補習中文，而他的碩士論文或其他須用德文撰寫的文章，她也可以替他修潤文句，以做爲交換的條件。

漢瑞不但很乾脆，而且十分樂意地答應了下來。

他們碰面的時間多半選在星期日，因爲這一天漢瑞打工的「松鶴樓」餐館休息，而地點也多半以蘇黎世爲主。

幾個月之後，漢瑞也禮尙往來，開始主動下伯恩去。這時，他赫然發現，下伯恩原來竟是受到內心深處一股莫名的渴望所驅使，他有點弄不懂這股驅使力是怎麼產生的。

有時碰到北亞有事不能上來，他會覺得若有所失，好像那個星期天時間特別長，特別難捱。

慢慢地，他驀然驚覺，一顆心不知打從什麼時候開始，已經被北亞的身影、言語、神態侵鑽進來，緊緊攫住，等到他意識過來是怎麼回事而想抽身時，已經太遲了。

誰
慫恿那
圈圈的圈圈
漣漪了我底心湖
是那
夏的陣陣小雨
踏著輕盈的腳步
沐浴我
以清新，以鮮活
雖然匆匆的來，遽遽的散
如清風，若白雲
卻帶不走我

心結千千
是誰
慫恿那
圈圈的圈圈
漣漪了我底心湖

這幾行心語，是他前一陣子有感而發，信手寫在一張便條紙上的。是對這位棕髮碧眼瑞士妞產生情愫的一道訊息嗎？

北亞的身高體形和自己差不多，一百六十公分在瑞士人來說應屬於嬌小玲瓏一型。但她的身材長得很勻稱，合乎時下一般女性夢寐以求的苗條標準，尤其穿起「**暴露緊死**」（Blue jeans）牛仔褲，配上一件棉質的運動套衫，更顯健美俏逸，可以彌補相貌平凡的不足。

也許是唸民俗學的關係吧，或是跟他學了一年多的中文受到耳濡目染之故，漢瑞發現她的個性在某些地方竟然要比中國人還要中國。小他六歲的北亞，對於隱藏在他兩隻黑眼珠之後那股中國式的慧黠與神秘，似乎一直充滿景仰和好奇。

彼此繼續交往下去的結果會是什麼呢？

討她當老婆嗎？如果是這樣，在台灣的兩老會怎麼說呢？國內來的其他同胞又會怎麼說？

——中國女子有什麼不好？非娶個洋婆子回來不可？

——老張那傢伙交洋馬子，還不是爲了想留下來？

——對洋老婆，要小心喔！歐洲女子自我意識強得很，動不動就跟你講男女平等！

……

管他別人怎麼想或怎麼說！船到橋頭自然直，順其自然發展就是了，好歹還有一個多學期，明春把碩士論文交出去，夏天通過畢業考之後再說吧！

哼，其實我交瑞士女朋友跟我回不回去、留不留下來有何相干？又關別人什麼事？即使回去了，又會怎樣？不過使國內多了一個與別人搶飯碗吃的「歸國學人」吧了……

「別倪個（這個）隔個（那個）了，阿江，」黃仲達打斷漢瑞的思緒，用半鹹不淡、老是「**張**」、「**江**」不分的廣東國語說：「打鐵趁爐紅，妻（吃）了再說，不妻白不妻啊，我想妻都沒得妻哩！」

漢瑞心頭很不是滋味，套句港仔的話，聽了眞叫人「火滾」。

我可不像你們「馬仔」（香港人稱馬來西亞的華人爲「馬仔」或「馬友」，馬華則稱港人爲「港仔」），飛機一搭，兩手空空來到歐洲，目的是隨便混條「鬼妹」結個婚留下來，把女人和愛情當作達到目的之手段。

聽說一九七〇年代初期，歐洲人對中國人因好奇加上崇拜李小龍而開始產生興趣的時候，中國人在這兒簡直是塊寶，許多馬華青年赤手空拳湧向歐洲，尤其是瑞士，多半能娶到當地的女孩爲妻。他們留著「小龍」頭，蓄「布朗遜」鬍子，樣子性格，放浪形骸，在蘇黎世那龍蛇混雜的「下村街」鬧區鬼混，泡咖啡館和酒吧，混迪斯可，打黑工。一年半載下來，大都能討到貌美年輕的金髮嬌妻，成家立業，很快便擺脫黑人黑戶的窘境。

黃仲達是怎麼來瑞士的呢？漢瑞並不清楚。只知道他在「松鶴樓」當上大掌廚乃是最近兩年的事。那時，漢瑞也才經人介紹進到「松鶴樓」來打零工。

「松鶴樓」的歷史並不久遠，大約一九八四年初才開張的，距今（一九八九）將近四個年頭。店東金衛賢二十五歲時便隻身由香港來瑞士闖天下，在十五年前（一九七三），外國人要申請來瑞士工作，好像還沒有今日這般困難。

金老闆起先應聘在蘇黎世一家頗具規模的粵菜樓當二手，幹了四年，學會不少手藝，卻跟餐館上下的人相處不來，便索性跳槽到另外一家餐館當大廚，一口氣幹了七年。

一九八四年元月，金老闆靠他十五年來省吃儉用的積蓄，加上向銀行借得的貸款，也自立門戶，跳出來自行開業當家作主。

剛開始的頭兩年比較辛苦，金衛賢親自掌廚，在一旁當二手幫忙兼學藝的，便是當今的大廚黃仲達。而外頭的店務，則專聘一位持有可以經營餐館兼酒精飲料牌照的義大利籍好友馬力歐．布魯涅惕當經理，總管一切。馬力歐是金老闆過去在那家餐館的同事。

這幾年來，瑞士政府對外國人前來居留及工作管制得特別嚴格，當地的生活水準又極爲昂貴，

「馬友」已不多見，黃仲達是怎麼申請得到工作及居留許可的，漢瑞從未聽他本人或金老闆提及，只知道他在一九八四年元月餐館開張之日起，便跟著金衛賢當二手學工夫，近兩年來金老闆才正式將大廚的工作交付給他，自己騰出身來，處理些辦公室的帳務和文牘工作。

憑良心說，黃仲達炒菜的本領眞不錯，不但把金老闆傳授給他的手藝學得唯妙唯肖，還肯動腦筋、想點子，不時變幻出一些其他的新花樣來。大概是心存感激金老闆的提攜吧。

漢瑞對黃仲達的了解，也僅止於每週三、五、六晚上在廚房和他相處的幾個鐘頭。

他發現，黃仲達這個比他小三歲的馬華青年，在大馬似乎還讀過幾年的書，中文根基大致還算扎實，在英文會話上也算得上流利，對於瑞士的生活環境非常欣賞，很有一股在此落戶生根、然後找個機會開創一番事業的雄心壯志。

「華人在大馬是愈來愈難混的了！」他常常對張漢瑞有感而發：「瑞士這地方日子眞安定，我看老江你唸完了書，就留下來和我一道在這裡**搵食撈世界**算了，回台灣有什麼用？」

漢瑞心裡十分明白黃仲達腦子裡的「雄心大志」。有時黃仲達也不避忌，直接告訴漢瑞他心頭的願望，很想找個瑞士女孩子結婚，這樣，在瑞士創業就等於已先有了一半的靠山。當然，他的企圖是絕對不敢讓金老闆知道的。

「老江啊——」黃仲達見張漢瑞沉默不語，用食指和大拇指分向兩邊撩了撩上唇的「老查式」鬍子，作出輕鬆的姿態說：「走，等下放了工我們上迪斯可去，這次上高級一點的，聽說Hazyland的

Band（樂隊）打得不錯，要捉亮女（靚女）就要上這種地方！」

「不，謝了，我還有事要趕回家做呢！」

「有什麼事？明天再做也不遲嘛。」

「真的有急事，非在今夜趕完不可。」

「哦？」黃仲達神秘詭笑道：「我知道了，是不是怕你那條叫北亞的鬼妹知道了……。你不是說她後天才上來嗎？今天就算你陪我嘛，一個人去多沒癮！我請客好了……」

漢瑞被他這一糾纏，苦思不知該怎麼婉轉推拒，才不會傷及對方的顏面，他不希望人家說「台灣仔」喜歡擺架子、故作清高，畢竟黃仲達平時在廚房對他還算蠻照顧的。

3

金老闆推開廚房門，探頭進來，黃仲達立時收住嘴，下意識將手中的紙帽吹開，又戴回頭上。

「阿達，不是我要同你講耶穌（唸經說教），人家阿江是個學生哥，放工後還要趕回家做功課，大概沒有心情同你去捉什麼女，要去，你自己去好了，別忘了明天是拜六，餐館簿（訂）滿爆棚（滿座），留點精力明天再用吧。」金老闆的一張臉，雖然叫人看不出已經在這個塵世拋露了有整整四十個寒暑，但可讓人明顯感覺，彷彿上面刻劃著捱世界奮鬥過之後所累積的精明。

張漢瑞鬆了口氣，暗自感激金老闆的出現，及時替他解了圍。

「阿江！」金老闆朝張漢瑞招手示意。「你先把廚房的工作攞一攞，暫時到外頭大堂看看部飛（Buffet的粵語諧音，即供應酒水和咖啡的吧間），今晚松雅遲些到，你先出來代她招呼一兩個鐘頭，抓麻（粵語：幫大廚備妥下鍋的菜料）可以叫瑪莉亞代勞，反正她現在要洗的碗盤也不多。」

「松雅怎麼啦？是不是生病了？」黃仲達插嘴問。

「她剛才打電話來，說她表姐從琉森來看她，八點鐘才搭火車走，她要送走表姐之後再趕來上工。」金老闆說完，語調一轉，調侃地說：「幹嘛，這麼關心？」

漢瑞脫下白圍裙，跟隨金衛賢走出廚房，推開甬道那扇通向餐室的門，進到吧間。

「三號檯的客人吃得差不多了，再過十來分鐘他們大概會叫咖啡或雪糕甜品，你就像松雅小姐平日做的一樣，照樣出給他們，有人打電話簿位（訂位，book的粵語發音），就將客人姓名和訂位時間記在這本子上……」金老闆耐心吩咐漢瑞怎麼做櫃台的工作，他放眼往最遠角落那張三號檯子望過去，安娜小姐正替客人斟酒。他收回視線對漢瑞說：「不懂就問馬力歐，我要回樓上繼續弄我的帳，還有很多貨要清點哩。」

說完，走到吧台正對面那張桌前，拍拍正在調整餐具位置的義籍合夥人兼經理肩膀。「馬力歐，松雅遲兩個鐘頭到，漢瑞先代她站站吧台，不懂的地方你教教他。」

馬力歐長得高高瘦瘦的，一頭鬈曲的黑髮，留個滿腮鬍子，掩住了他的眞實年齡，身上穿著侍者大班的黑西服，舉手投足間表現出此一行業特有的彬彬有禮風度，給人一種成熟穩重的印象，絕不像是二、三十歲以下毛躁年輕小伙子所能表現出來的。他紳士地朝金老闆及漢瑞笑道：「Mr. Kam，有馬力歐在這兒，萬事ＯＫ！」

金老闆滿意地點點頭，轉過身再次推開那扇通向後頭甬道的門，準備回二樓的辦公室去。那一頭，安娜小姐替客人斟完酒，提著空酒瓶快步追趕過來，隨著金衛賢隱入甬道。

漢瑞站在吧台旁，隔著門聽見安娜用蘇黎世德語急急追問金衛賢：「寶貝，你說八點半……」「安娜，等會兒再說吧，我忙得很，好多文件還要趕著處理！」金老闆雄渾的男性聲音和登登登的大步上樓響聲，蓋住了安娜的追問聲。

4

「嘿，Henry，動作快一點，五號和七號那兩桌客人的飯前開胃飲料等了老半天都還沒弄出來，人家有點不耐煩了，你不是在睡覺吧？」別看安娜只有二十四、五歲年紀輕輕的，講起話來可是牙尖嘴利，一點也不饒讓。

「安娜，我正在弄哩，臨時站櫃台，不熟嘛！」漢瑞忍住心頭的不快，儘量放輕語調，兩隻手在那些瓶瓶罐罐和杯子之間游移忙碌，眼前這個安娜，能不招惹就儘量不招惹。

「William也眞是的，請了這麼多幫工的，人家臨時說不來就不來，他一點皮條都沒有，隨便從廚房抓個生手當公差，不知他這個老闆是怎麼當的？」

漢瑞不是傻子，聽得出安娜話中嘀咕的是哪個人。

老實說，安娜的樣子長得還算迷人，成熟的風韻，配上一頭耀眼的金髮，第一眼望去，往往會被她熱力四散的外表給吸引住，尤其她打開話匣子，有意無意地和客人耍嘴皮子時，那種神態更叫人魂銷骨酥。

不過，只要她一意識到自己是金老闆多年來的老相好，而且在過去四年與他同甘共苦、一起體驗過創業奮鬥的滋味時，儘管彼此一時都還未把婚給結起來，但兩人同居共處的事實一如夫妻無異，她往往會不知不覺地在餐館同仁面前擺出一副老闆娘的姿態來，頤指氣使，語言乏味，這時在漢瑞眼中的安娜，便只不過是堆醜陋所組成的美麗軀殼而已。

漢瑞的個性不善與人爭辯，一向總抱持「大事化小、小事化無、無事最好」的做人處世態度，加上他在「松鶴樓」只不過打打臨時工，無意長期與金老闆合作拍檔，所以對安娜的數落，常常一笑置之，懶得跟她認眞計較。

然而，其他幾位同事可就不像他這麼「中國」個性了。

經常，在吃「伙計飯」的時間，或客人還未上門之前，只要安娜及金老闆不在場，常常可以聽到松雅和馬力歐用瑞士方言在那兒竊竊私語，對他們眼中囂張跋扈的「準老闆娘」諸多嘲諷。譬如前天晚上，漢瑞便又聽到他們如下的對話——

「這頭笨母牛，不曉得自己算老幾?!看她跟客人打情罵俏的那副風騷模樣，眞叫人作嘔！」說到這裡，松雅望了一眼通向甬道的那扇門，小心壓低了聲音繼續道：「William也眞是不長眼睛，還把她當寶貝似的供著，要是我呀，早就一腳把她給踹開了，天底下又不是只有她一個女人！」

「是呀，不管怎麼說，我總算是老金禮聘在這兒當經理，總管餐廳一切人事和運作，何況我持有專業牌照，怎麼也輪不到這頭母牛來出主意，處處干涉我的決定！」碰到有人談論這個話題，馬力歐一股怨氣便打自心底竄起，那口義大利腔的瑞士德語，混雜了各邦的口音，聽在漢瑞耳裡，覺十分有趣。更有意思的是他那語意豐富的手勢，相當生動傳神和「義大利化」，與他平時給客人那種沉穩紳士的形象，迥然有別。

「這半年來，她每個星期六都去餐飲業專科學校上課，聽說最近就要考到牌照了，」松雅捺熄手中的香煙，啜了一口咖啡，輕蔑地說：「是不是眞的要出面當正牌的老闆娘啦？哼，就憑她那塊料？扛出個博士頭銜來也無濟於事！」

「老金本來和我是好朋友，可是最近不知吃錯了什麼藥，老是疑神疑鬼，說什麼每天的入帳不對勁啦、要小心啦之類的廢話，聽多了，不得不叫人以爲他在懷疑我這個當經理的手腳不乾不淨

——」

漢瑞獨個兒坐在一旁品嚐他的濃香咖啡，一副聚精會神在翻閱當天的《新蘇黎世日報》模樣，松雅與馬力歐只當他聽不懂瑞士德語，沒有興趣加入他們的話局，所以也不理會他，逕自繞著這個話題打轉，愈聊愈起勁。

「說起我們這個金老闆也眞怪，看他赤手空拳把這家**松鶴樓**給搞起來，也不失爲精明能幹的一條漢子，怎會容忍這麼一頭笨母牛，天天在這兒放肆扯他後腿呢？」

「愛情叫人目盲這句成語，指的大概就是這回事了。」馬力歐聳聳肩，做了個怪臉。「不過，據我觀察，近一個多月來，William的眼睛好像又慢慢張亮起來了。」

「這話怎麼說？」

「妳不覺得老闆和蜜雪之間，好像有點不太尋常嗎？」

「蜜雪，她——」

「不錯，依我看，老金大概也到了想換換口味的時候了……」

漢瑞當然是豎起耳朵仔細在聽。

他覺得馬力歐和松雅所聊的，大致離事實不遠，那盛氣凌人的安娜，的確是個很會製造緊張氣氛、不易與同事和諧相處的難纏人物。

不要說馬力歐和松雅兩人無法明白金老闆心裡作何打算，就連同樣身爲中國人的漢瑞也搞不懂金衛賢的人生觀。

總之，他和柯安娜交往了將近四年，兩人的關係由當初的老闆伙計演變成為現在的女友同居人，照中國人一般傳統所謂「成家立業」的觀念來說，金老闆實在早該正式將她討爲老婆，兩人同心協力爲事業奮鬥，然後生兒育女傳宗接代的。

是金老闆對西方女子的自由自主作風缺乏信心，不敢娶爲老婆，只願當作情侶交往？還是他嫌中國女子不夠爽朗直率，因而根本沒有想要交往的興趣？

金老闆常常有意無意在他跟前有感而發：「唉！人生就是這麼一回事，今朝有酒今朝醉。辛苦一生，爲的是什麼？及時行樂才是眞的！何必搞個家室來自討苦吃呢？」

由此看來，他倒是準備抱著遊戲人間的態度，到處留情，逢場作戲了。難怪他最近會與那剛進來才不過半年、足足小他有二十歲的蜜雪暗通款曲。就這方面來說，他的作風倒十分的西歐而不中國了。

金老闆、柯安娜（Anna Koller）、馬力歐（Mario Brunetti）、賀松雅（Sonja Hohler）、賴蜜雪（Michelle Leimer），這五個人在「松鶴樓」內的互動關係，使得這個小餐館猶如一個現實社會的縮影。

5

松雅急匆匆一腳踏入餐館，來不及一一向同事們打招呼，便逕自朝裡頭走過去。經過吧台，正要推開甬道那扇門，見漢瑞在那兒手忙腳亂給客人配飲料，便以充滿歉意的口吻對他丟下一句：「Herny，我先到後頭換衣服，馬上便來接替你。」

「謝天謝地！」漢瑞目送她沒入甬道之後，順勢瞥了一眼手上的腕錶——八點二十分。整個餐室幾乎已快客滿，各桌客人談話的聲浪交雜混合成一股悶閉的嗡嗚，隨著室內稍嫌沉濁的空氣四處飄盪。

馬力歐和柯安娜像兩隻採蜜的蝴蝶，一會兒攜著菜單，一下子端著飲料或盤碟什麼的，來回穿梭於客人和吧台之間。

「打兩壺香片來……剛才那三盅啤酒還沒打好啊？動作快一點行不行？」安娜命令式的語調，像把利刃般直直刺入漢瑞的心房。

他實在沒有心情和她一般見識，取出兩只磁陶茶壺，打開茶葉罐子，抓了兩把香片丟進壺內，推向咖啡機的熱水器上。

泡完兩壺茶，正想抓起三只玻璃杯來打啤酒，忽然電話在一旁鈴鈴響將起來。

他暫時不去理會電話，讓它繼續響著，用最快的速度將三杯啤酒打滿，連同剛剛泡好的茶，分別放進兩只托盤，擺在櫃台一旁，等待安娜前來取送。

「鈴——鈴——鈴——」電話還在響個不停，他心頭暗想，大概有二十響左右吧?!這個打電話的人也眞有耐心，一副咄咄逼人非接不可的氣勢。他往身上抹乾雙手，抓起聽筒。

「晚安，這兒是培德，請問金衛賢先生在嗎？」一個低沉的男音飄出聽筒，講的是標準德語。

「噢，金先生在樓上的辦公室忙著……」他伸出左手，望了望腕錶，也同樣用標準德語回答：「請您稍等一下，我這就幫您把電話轉上去，再見。」

漢瑞伸出握著聽筒的右手，用中指按下轉接樓上分機的鍵鈕，將電話轉撥給金老闆。「金先生，您的電話。」

他只覺得那頭金衛賢抓起話筒，趁著尚未按下接聽外線的鍵鈕之前，先向漢瑞打聽餐廳的情形。

「樓下你還招呼得過來吧？」

「現在正好是八點半鐘，客人都到滿了，忙得很——」漢瑞頓了一頓，問：「松雅剛剛趕到，換衣服去了，我是不是可以回到廚房去呢？」

「好吧，你快去幫幫阿達，不然，可趕不上速度了。」

漢瑞確定金老闆將外線電話接過之後，便放回手中的聽筒，望著電話上那個亮著的鍵鈕出神。

這時，安娜打從吧台搖曳而過，把他從沉思中拉回現實，他不自覺皺起眉頭，準備迎接她的下一道命令。

出乎意料之外，這回她並不是衝著他來，而是推開那扇直通甬道的門，閃身沒入，留下一股濃濃香水味，混雜在由廚房洩溢出來的菜香之中。

6

八點四十分。

餐館的氣氛開始有點不太對勁了。

好幾桌的客人頻頻把頭轉向吧台，朝漢瑞這邊拋出探問和催促的眼色。

剛剛五分鐘之前，松雅在甬道後頭的雜物室裡換好衣服，回到吧間，準備與漢瑞換班。但是漢瑞依然無法抽身回廚房去，因爲從安娜進到後頭去之後，大約隔了一、兩分鐘的光景，經理馬力歐突然拋下那邊的客人，急匆匆跑過來，交代漢瑞說，他肚子有點不舒服，必需立刻上一趟廁所。「安娜和松雅去了哪裡？快把她們找回來，幾張桌子開始有點亂了……」話還來不及說完，便急急推開甬道的門，衝進後頭。

「松雅，妳剛才在後頭有沒有遇見安娜？她離開已經足足有十分鐘了，不知道在後頭做什麼？」漢瑞有點著急地問。他畢竟還是個學生，臉皮還嫩得很，受不了由餐室各個角落投射過來一道道不滿和探詢的目光。

「嗯，這頭笨母牛，鬼曉得她在哪兒？要是換了別人跑開一下子，就得準備挨她嘀咕了。咦——？」松雅望望前方餐室，百思不解問：「馬力歐呢？他也不在啦？」

「他跟著安娜之後上廁所去，已經有八、九分鐘了，該快回來啦……我看這樣子好了，」漢瑞接過由廚房內推送出來熱氣騰騰、油水汪汪的雙冬牛肉和宮保雞丁，快手快腳擺進托盤，往松雅手中一塞。「外頭的經驗妳比我豐富，乾脆先代替安娜端端盤子，吧台還是暫時由我來站，我再撥個電話上樓，問問看安娜在不在老闆那兒。」

松雅聳聳肩，做了個不置可否的表情，喃喃自語：「難怪剛才在後頭換衣服的時候，前前後後聽到有三批人進入甬道的聲音……」便端起托盤朝客人走過去。

漢瑞正想伸手去抓電話筒，發現那個鍵鈕自剛才到現在還一直亮著沒有熄滅，心想，老闆還在與人通話中，現在用電話找他，是不可能的了。——需不需要跑上樓去看個究竟呢？

他拉開廚房出菜用的小木窗，探進半個頭去，裡面排油煙機、炒菜鍋和鋼杓交織的噪音，伴著黃仲達在那兒揮汗猛炒。他扯開喉嚨向裡頭吼道：「阿達，你知不知道安娜躲到哪兒去啦？」

黃仲達全副注意力集中在炒鍋上，頭也不回地大聲吼了回來：「我丟伆老母，忙成這樣，誰有心情去理它什麼安娜！你什麼時候可以進來幫我忙呀？」

「Henry，你回廚房去吧，外頭我和松雅可以招呼得了！」

漢瑞縮回脖子，轉頭一看，原來是馬力歐，不知什麼時候進到吧台，正用他慣有的彬彬風度朝他微笑。

7

安娜的屍體是松雅將近九點鐘的時候在餐館囤貨的地窖中發現的。她的後腦袋被人用鈍器敲得開花，整個人伏趴在一堆拆空的硬紙箱上。

在樓上金老闆的辦公室裡，面對充滿肅穆表情的市刑事警察局施乃德組長，松雅臉色蒼白，手腳還不停地微微發抖。

金老闆讓她坐在自己的辦公椅上，並遞給她一杯礦泉水鎮定神經，請她把發現屍體的經過仔細告訴組長。

「……大約快九點鐘的時候，馬力歐和我正在前面餐館忙得不可開交，我們一直都在奇怪，安娜怎麼走開了老半天還不見回來？問Henry和廚房的人，他們都不知道她去了哪裡，大家以爲她上樓到Mr. Kam這兒來了——」松雅停下話來，瞟了金衛賢一眼。金衛賢兩手一攤，眉毛向上高揚，一臉不知情的模樣。她接著說：「所以，我便想撥個電話問問金先生，但是……金先生一直還在與外線講話

松鶴樓餐館位置圖

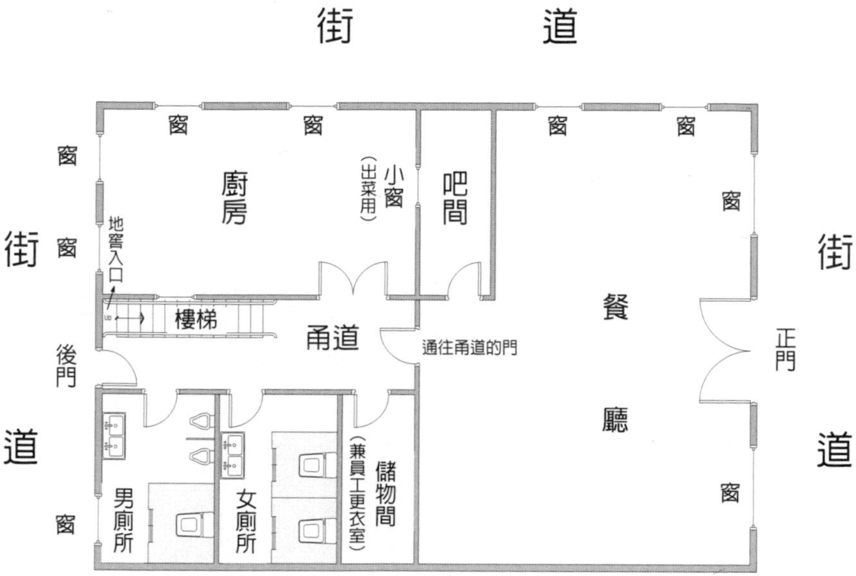

中，根本無法與他通話，於是我很快親自跑上樓來，敲金老闆的門——」

「那是什麼時刻的事？」施組長打斷她的話，掏出記事本。

「……記得我換完衣服回到吧間，大約是八點三十五分，那時只有漢瑞一個人在獨撐全局……五分鐘之後，他問我剛才在後面有沒有碰見安娜，並說她離開餐室已經有足足十分鐘之久。我不知她什麼時候離開餐室，照漢瑞的問法來推算，她應該是八點半左右離開的……當時我也不見馬力歐，漢瑞說他在安娜之後約一、兩分鐘跟著上廁所去了，好像去了十分鐘才回來。我在後頭換衣服時，的確聽到有人經過甬道前往廁所去的腳步聲……。他回來之前，漢瑞也試著想撥電話向金老闆打聽安娜在不在上面，但是因為與外線通話中，沒辦法接通。不久馬力歐從廁所出來，把漢瑞調回廚房去，餐室暫由我和馬力歐在招呼。因為當時情況實在又忙又亂，偏偏又少了一個人手，我心裡不免有氣，看看手錶，八點五十分，她已離開有二十分鐘之久。我知道不可能撥電話找金老闆，便決定跑上來敲門問他……」松雅雖然受到地窖那幕慘不忍睹景象的驚嚇，魂魄未定，但答起探長的問題可有條有理。其實，她只要回答說「**八點五十分左右上樓來找金老闆**」就夠了，前面那一大堆話，並沒有什麼太大的必要。

施組長把視線由松雅身上轉向金衛賢。「是這樣的嗎?您講電話時，安娜有沒有上來這兒?」

「根本沒有!」金老闆用他那口濃濃廣東腔的德語斬釘截鐵地回答：「大約八點半左右，我開始接一位朋友的電話，直到松雅小姐敲我的門為止，都沒有離開這兒半步，也沒見到安娜，當然我也不知道樓下的情形……。松雅所說的八點五十分敲門那時刻，我曾放下電話替她開門，聽她說完，才知道樓下大夥兒都在找安娜，當然他們不可能在我這兒找到她……」

「當時你讓松雅小姐進你辦公室來了嗎?」施乃德組長兩眼一轉，很快打量一下辦公室四周。除了靠窗一張放滿打字機和文件、文具的書桌之外，小小的空間到處堆滿了餐巾、檯布、餐牌之類的餐館用品，顯得雜亂無章。

「讓她進來了呀!我還告訴她，不妨到女廁所或雜物間去找找看，安娜甚至也有可能下地窖拿東西去了……」

「您有沒有照金先生的意思下去找呢？」組長轉首問松雅，但還未等她回答，突然又向金衛賢提出另一個問題：「松雅小姐走開後，您還繼續和您朋友講電話嗎？」

「當時我沒掛斷電話，只請我朋友稍候兩、三分鐘，松雅下樓後，我繼續講了大約有兩、三分鐘，直到松雅又衝上樓來，像打雷似的猛敲我的門，我才匆匆和朋友說再會，把電話掛掉。」

「是呀，」松雅吸吸鼻子，搶著回答剛才組長向她提出的問題：「我聽從金先生的建議，很快下樓到廁所和雜物室找一遍。最後，打開地窖的門下去，結果，啊——眞恐怖……」松雅心有餘悸，接不下去了。

「結果您發現安娜的屍體，便奔上樓來找金老闆，是不是？」施組長以詢問的方式替她把下半段話講完。接著又問：「還記得正確的時刻嗎？」

松雅猛猛點頭，毫不思索脫口而出：「應該是八點五十五分左右。」

組長在記事本上揮筆疾書。突然，他用手中的原子筆頭指向金衛賢，嚴厲地說：「爲什麼您們遲了一個小時才報案？知不知道這是不合法的？」

「哦……是……是這樣子的，」金衛賢結結巴巴，儘可能將語氣放婉轉。「我們不願驚動客人，讓他們吃到一半受到打擾，畢竟人家不是來白吃的……日後我們可還要繼續做生意哩……當然，直到您們抵達之前，我和馬力歐將地窖的門鎖了起來，不准任何人接近現場。」

這時自門外走進一位頭髮灰白的紅面老人，跟在他身後的是一位年輕的便衣刑警。

「沙律（你好），老施，據我初步檢驗，死亡時間大約在八點半至八點四十分之間，致命傷是後腦的兩——」紅面老人放下手上提著的皮包，向他身邊的年輕刑警使眼色示意。

刑警手中拎著一只透明塑膠袋，裡面裝了一支黃色木柄的黑頭鐵鋃鎚。他將塑膠袋送到組長面前，說：「這是在地窖裡靠牆的那堆空木箱中找到的。顯然兇手殺了人之後順手拋置在那兒。」

松雅身子往後猛縮，雙手掩面，金衛賢則睜大眼睛盯住袋子不放。

「您們認得這隻鋃鎚嗎？」組長接過袋子，詢問兩人。

「這是餐館員工橇開木箱取貨用的，平時擱在地窖那座大冷凍櫃的蓋面上，人人都可取用，只要用完後放回冷凍櫃的蓋子上便行了。」金老闆毫不猶豫說道。

「唔，交給化驗組去處理指紋吧。」組長把膠袋還給年輕刑警。

「金先生，您說八點半到案發之間一直在接聽外頭朋友打進來的電話，能不能告訴我這位朋友的姓名、電話號碼以及您們談話的內容？」

「當然可以。他姓方，叫方大同，德文名字叫培德，是個新加坡籍的華人，在瑞士住有二十年了，自己開一家小貿易公司，他的電話號碼是……」金衛賢不假思索地將號碼唸出，組長一一記在小本子上。

「大同是我相識多年的好朋友，常帶客戶來餐館吃飯。今晚他和我在電話聊的是三個星期之後要帶他家人和兩位客戶來吃除夕大餐的事。其實位子他前幾天就已經訂了，但不是我親自經手的，他不放心，所以今天又和我討論。此外，我們又聊了一些關於餐館進貨的小生意經。」

「柯安娜是您聘雇的員工，能不能把她的背景和人際交往關係告訴我？譬如她近來的工作情緒如何？有沒有和什麼人相處得不愉快？或是感情、財物糾紛等等？」

「是這樣子的，」看不出金老闆是受到組長那張嚴肅的方臉所感染，或是眞正有所感觸，反正他也是一張神情肅穆、凝重的苦臉。「柯小姐是我的女朋友，我們交往已快四年了，一直住在一起。她除了在歐騰市有個開雜貨店的哥哥之外，沒有其他親人了。我們幾乎每天朝夕在一塊，不是在家，便是在餐館。而據我了解，她在外面並沒有什麼複雜的交往關係，最近也沒有情緒不穩定的現象。」

「原來您們同住在一起！」組長的表情有點驚訝，大概在他的觀念裡，不太怎麼置信中國人居然也會和西歐人一樣，搞同居這套玩意。他對金衛賢略略躬身頷首，壓低聲調說：「柯小姐遭此不幸，本人深表哀意。」接著又恢復原有的語氣：「金先生，我們的責任是要追查殺害柯小姐的兇手，所以會向您及您的員工提出很多問題，有些問題也許會讓您們難堪，但一切都是爲您們好，因爲——因爲兇案既然是在餐館發生的，案發時所有在這屋子內的人都可能與本案有關。換句話坦白說，在沒有確定誰是眞兇之前，屋內的每個人都可以被假設爲兇嫌，包括您的客人在內。我們必須將今晚所有在場的人一一過濾，仔細清理他們的說詞，所以我希望您下樓去轉告員工，請他們就其所知與本案有關的任何線索提供給我們參考。現在可否勞駕您下去通知他們？」

金老闆明白組長的意思，低著頭轉過身。正想下樓，組長的聲音卻又在他後頭響起：「先別急，我還有兩、三個小問題請教您，接著再請教松雅小姐，最後才輪到樓下的人。同時，請您轉告客人，要他們稍微晚些離開，我的助手會陪您下去。」

金衛賢停下腳步，打量站在一旁那位年輕刑警。

組長舔舔嘴唇，問：「剛才我在地窖現場以及樓下四周察看了一陣，發現餐館的後門是鎖著的，那把鑰匙放在哪裡？平時一直上鎖的嗎？」

「平時一向都鎖著的，我們有兩把鑰匙，一把就掛在廚房進門的牆上，大家隨時都可以取用；另外一把則由我隨身攜帶，不過——」金老闆停頓下來作思考狀，半晌，才又接著說：「前兩個星期開始，我將這把鑰匙交給了蜜雪小姐，因爲……因爲她來上工時，不喜歡由前門進來——」

「哦？」組長兩眼翻轉，不知在盤算什麼。接著問：「那麼，地窖呢？」

「地窖一向都不上鎖，任何人都可以隨時下去取貨。」

「蜜雪小姐今天怎麼沒來上工呢？」

「今天剛好輪到她休息。」

要了蜜雪小姐的住址和電話號碼之後，組長便讓助手陪金老闆下樓去。

8

組長對松雅提出的問題，集中在八點半至八點四十分之間她的行蹤，以及安娜平日在餐館內與同事們尤其與金衛賢的關係之上。

松雅除了重述一遍她八點二十五分抵達餐館便直接到後頭的雜物室去更換服裝、八點三十五分才又回到前頭的餐室、其間並沒有在後頭碰見安娜、也不知道她去了哪裡之外，對於安娜的爲人，以及她與金老闆的關係一節，倒似乎因爲現在辦公室內只剩下她一個人單獨面對組長，較無其他顧忌，加上似有一股受到重視的感覺，便開始滔滔不絕陳述她的觀感。

「我敢保證說，全餐館上下絕不會有人喜歡她的。可能因爲她心理有點毛病，老愛仗著她是金先生同居人的關係，在同事面前擺出一副驕傲模樣。加上最近她快要考取開餐館用的執照，據我個人猜測，她可能會向金先生提議把馬力歐給炒魷魚，由她來當女經理。這陣子她常常向金先生打不實的小報告，說馬力歐在每天的入帳上做手腳。她這個女人也眞奇怪，一方面在我們大夥面前擺出一副準老闆娘的姿態，可是另一方面又喜歡和其他人打情罵俏，最近也常常有意無意在人們面前公開讚揚大廚黃仲達，好像還蠻欣賞他似的，是不是與他有什麼特別的關係呢？她應該明白中國人一向很重視朋友妻不可戲這句話——嗯，這是同事Henry張教我的——Mr. Wong怎麼可能接受她的勾搭？」

「金先生知不知道這件事呢？」

「這我可不清楚。不過，聽說他最近一個月來和蜜雪小姐很親密。」

「賴蜜雪？」施組長眼睛一亮，露出頗感興趣的模樣。

「是啊，我聽馬力歐說的。蜜雪今年才二十歲，比安娜年輕，又有一頭誘人的金髮，條件當然比較好啦。她加入我們工作行列才不過半年而已。」松雅的語調平靜，聽不出她這番話中是否另有含意。不過她又特別加上一段說明：「剛才金先生說，蜜雪不喜歡從餐館正門進來上工，所以向金先生要了後門的鑰匙。其實依我觀察，她是利用這個方便，有時偷偷溜上樓來和金先生相會的……！」

刑事組長施乃德眉毛一揚，在記事簿中匆匆寫下他所聽到的重點。

接著，又一一傳訊馬力歐、張漢瑞、黃仲達以及當時在座的食客。施組長綜合分析他們各人的說詞，得到如下的結論：

——基本上，「松鶴樓」全體員工都很討厭安娜的爲人。她的死，似乎意味該餐館緊張的工作氣氛今後可以獲得紓緩。

——據馬力歐供稱，最近幾個星期他常聽見柯安娜在甬道與金老闆爭執不休，甚至有一次還聽到柯安娜尖聲對他吼叫著說，如果兩人的關係一刀兩斷，她發誓要把金老闆的班底全部挖走，自己另開一家中國餐館與他打對台！（當然，馬力歐認爲這是她在講瘋話。）

——八點三十分柯安娜悶聲不響走到後頭去，根本沒人知道她要去哪裡，也沒人聯想到她要下地窖去，因爲到地窖取貨，通常是櫃台或廚房的事。她下地窖去，目的何在？

——張漢瑞聲稱，八點鐘之前曾聽到柯安娜衝進甬道後頭，對金老闆提了這麼一句「寶貝，你說八點半……」就被金衛賢以事忙「等會兒再說」打斷。求證於金老闆，其解釋爲：先前松雅曾打電話來，說她今晚遲些上工，也許八點半左右才會到。他把這事告訴安娜，可能安娜內心那股領袖慾又在作祟，不滿意松雅的臨時遲到，想纏著金衛賢理論，但他實在沒有興趣也無暇和她糾纏不清，所以沒有理會她，急急上樓去了。

——金衛賢也不否認他和賴蜜雪間的新關係，並承認他和安娜偶有爭執也屬事實。但對於安娜會去勾搭黃仲達的說法，則表示絕無可能。

——施組長的助手向金衛賢的好朋友方大同查證之結果，證實他由八點半至八點五十五分之間確與金老闆在通話，談話內容也一如金老闆對警方所供述。特別問及在這二十五分鐘的通話時間之內，金老闆是否一直與他講話沒有中斷過？其間有無特別引起他注意的不尋常事物？方大同的回答是：他和金老闆通話一直沒有中斷過，但在八點五十分左右，他聽見電話那頭有人敲金衛賢辦公室的門，金衛賢因此曾和他中斷通話約兩、三分鐘。方大同從話筒中聽出金衛賢走過去開門，讓敲門者進來，並和對方講話，隱隱約約可以辨認得出，來人是位女士。待來人走開後，他們又繼續通話大約兩、三分鐘，直到金衛賢的辦公室門又被人打雷似的大聲敲響，雙方的談話才因此而正式結束。

——賴蜜雪坦承她和金衛賢的親密關係是三個月前才開始的。她也常利用後門偷偷避開其他同事溜上樓和金衛賢單獨相處。安娜被殺的時刻，她因休息不用上工，便留在家裡看電視，但在八點半左右曾試圖打電話找金衛賢閒聊，由於電話佔線，試了兩、三次，到了八點四十五分左右始終沒法子打得進去，所以她便放棄再試。

——張漢瑞作證指稱，八點三十分打電話找金衛賢的是位自稱培德的男子，而非賴蜜雪。

——大廚黃仲達矢口否認柯安娜和他之間有任何不尋常的關係，對於柯安娜常在同事間表示「欣賞」他的說詞，也毫無所悉。並稱，柯安娜是他老闆的女朋友，他絕對不敢去動她的歪腦筋。

——關於各人的不在場證明，則有以下的紀錄：

時間	人物	行蹤	說明
20:30～20:40	柯安娜	離開餐室，走到後頭的地窖	在這十分鐘之內遇害
20:25～20:35	賀松雅	抵達餐館後，逕赴後頭的雜物室更衣	據她稱，在20:30～20:35之間，先後聽到有三批人馬走過甬道
20:35～20:50	賀松雅	在前面餐室幹活	先後有馬力歐、張漢瑞及食客為證
20:50～20:55	賀松雅	上樓找金老闆並發現屍體	先後有馬力歐及金老闆為證
20:30～20:55	金衛賢	在樓上辦公室接聽方大同的電話，未曾離開	有張漢瑞、方大同、賴蜜雪、賀松雅、馬力歐為證
20:32～20:42	馬力歐	隨安娜之後，進入甬道如廁	據一名食客供稱，20:35左右因尿急上廁所，由於一向習慣使用有門的隔間廁所，不用立式小便池，故曾敲廁所門，發現裡頭自內反鎖，表示當時確有人佔用，惟馬力歐對該客人之敲門相應不理
20:30～20:45	張漢瑞	在吧台工作	有馬力歐、賀松雅及食客為證
20:45以後	張漢瑞	被馬力歐調回廚房工作	有馬力歐及黃仲達等人為證
20:30以後	黃仲達	一直在廚房工作	有洗碗工及張漢瑞為證
20:30～20:45	賴蜜雪	待在家裡看電視，其間曾三度試與金衛賢通話未果	因係獨居，無人能證明她一個人在家看電視的事
20:35～20:40	食客	上廁所（前後五分鐘）	馬力歐承認該食客確曾敲他廁所的門，但他沒有出聲應答
20:30以後	洗碗工	一直在廚房工作	有黃仲達、張漢瑞二人為證

——綜合以上各點發現：由八點三十分至八點四十分之間，幾乎每個人都有（賴蜜雪似亦勉強可算）無懈可擊的不在場證明！

9

漢瑞幾乎徹夜未能合眼，因爲昨晚刑事組長施乃德將「松鶴樓」裡與命案有關的一干人扣留，一直偵訊到半夜，完成一切必要的筆錄，並交代諸人在往後的偵查時日之內隨傳隨到之後，才告離去。

顯然，他確信兇嫌必定是與餐館有關係的人物。但在屍體解剖和兇器上的指紋檢驗報告尚未做出來之前，他還沒有任何根據可以指出誰是涉嫌人物並將之扣押。

警方人員離開餐館後，大夥人——金老闆、馬力歐、賀松雅、張漢瑞、黃仲達——繼續留下來，互相討論幾個鐘頭以前所發生的不幸事件。甚至賴蜜雪也在警方登門問完話之後，騎著腳踏車匆匆趕到，加入他們的談話行列。她租住的公寓正好就在餐館附近，騎車不過七、八分鐘的距離。

雖然死者生前的人緣不佳，但由於和大夥朝夕共事過，不管現在大家內在眞正的心境和感受如何，畢竟人都死了，而且怎麼說都是人命一條，所以在場的人個個面帶不勝欷噓的表情。

金老闆好心吩咐黃仲達準備一大盤肉絲炒麵，又開了兩瓶上好的瑞士瓦雷邦荳爾（Dole）紅酒給大夥當宵夜。但他們抽煙的抽煙，喝悶酒的喝悶酒，幾乎沒人有興緻開懷享用那盤香噴噴的炒麵。

各人就當晚柯安娜被殺的事件議論紛紛。儘管每個人都經過一番自我壓抑和掩飾，不讓旁人看出自己內心抱有**「我們這夥當中誰是兇手」**的疑懼感覺，但是空氣中仍然免不了有抹看不見的陰影，緩緩朝大夥人籠罩下來。

他們就幾個鐘頭前警方分別偵詢各人的情形——包括所提的問題和回答的內容——交換意見，而且好像都有默契似的，一致心照不宣地絕口不說**「到底是誰幹的？」**這句話。大夥神情亢奮，七嘴八舌討論到凌晨二時，才在凜寒夜色中分道揚鑣。

漢瑞回到住所，花了近兩個小時急速把白天積壓下來的譯稿趕竣，望了一眼書桌上的鬧鐘，長短針正指著三時五十三分，他不禁打了個哈欠，覺得全身涼颼颼，趕緊換上睡衣褲，熄了燈，一頭鑽進被窩裡。

可是，心緒卻起伏不定。昨夜「松鶴樓」命案的情景，一直不停在他腦袋中纏繞糾結不清。一張張不同的臉，像放映幻燈片般在他眼前浮現，使他打消了睡意。

每天共事相處的人，突然會在一轉眼間好生生地遭人殺害，而且，殺人兇手還很可能是自己身邊每天往來接觸共事同伴中的一人，他眞不敢再繼續想下去，因爲，不管日後查出來的兇手是誰——賀松雅？馬力歐？黃仲達？甚至金老闆或賴蜜雪？他都無法接受這個冷酷的事實。

柯安娜爲什麼在八點半鐘工作最爲忙碌的時刻突然悶聲不響離開前廳，走進後頭的甬道下地窖去呢？她是不是到了後頭便直接下地窖？抑或在下地窖之前，還曾經碰到過什麼人？甚至也有可能去會見什麼人？

對了！極有可能是去會見什麼人的！

因爲由當時餐廳忙碌的情況和她的行動來看，她並不像是要下去取東西的樣子，理由：

（一）當時如果眞的缺少什麼東西——例如餐巾、飲料、方糖等等——，依她的個性，她會「命令」別人去拿，絕不會獨個兒悶聲不響地下去取的。

（二）一般若要下地窖取東西，總會隨手攜帶個托盤或塑膠袋、紙袋之類的容器下去，很少像安娜這般，兩手空空下去的。

那麼，她去會見誰呢？

假設與她約晤的人是殺害她的兇手，那麼，此人憑什麼能耐在這段時間內，製造完美的不在現場證明，潛入地窖去對她動手呢？

＊金衛賢？並不太像。

他和柯安娜多年來同居共處，什麼時間、什麼地方不好相約相談？非要趁客人上門之後、工作最爲忙碌的時刻，在餐館地窖下晤面？

雖然八點鐘之前柯安娜曾在甬道對金老闆提到一句像是有約會意味的話「……**你說八點半……**」，但金老闆並不承認這是他們兩人間的約會，何況由八點半至八點五十五分之間，他一直在樓上的辦公室和方大同講電話，沒有離開辦公室半步，尤其是八點半至八點四十分之間，更沒有中斷過通話，也沒有人（尤指柯安娜）進入辦公室的跡象。這些，都可以由張漢瑞他自己、方大同以及賴蜜雪的說詞加以證實。

當然，金老闆也有可能串通外頭共犯（在此情況之下，自然指的是方大同），假裝以通電話的方式，在八點半至八點四十分之間偷偷溜下樓，殺了柯安娜，再上樓繼續講電話。這樣的現場反證，不可謂之不乾淨俐落。但警方也不是傻子，一定可以查出方大同與金老闆之間是否眞正存有此種作僞證的深厚共犯關係。

如果查證的結果證明方大同當晚的確不是替金老闆當僞證而講電話，那麼，金衛賢的不在場證明便百分之百可以成立了。因此，至少在此之前，他的現場反證還是可以成立的。不過，從男女感情的角度來看，並不能排除他沒有殺害柯安娜的動機。

＊馬力歐？殺人的動機甚為明顯，時機上亦不無可能。

柯安娜平日那副以準老闆娘自居的傲慢姿態，他早已無法忍受。最近她又在金衛賢耳邊說他手腳不乾不淨，惹得金老闆好像開始對他有點不信任起來了。再加上柯安娜半年前開始到一所餐飲專科學校去上課，日內便可以考取經理牌照，憑她和金老闆的枕邊關係，加上肥水不落外人田的心理因素，眼前他所佔的這個持有牌照經理職位，豈不是岌岌可危了嗎？

八點三十二分，他因內急而緊接著安娜之後上廁所（男廁內有一個隔間廁所和兩個小便池），進了廁所內大約有三分鐘（推算爲八點三十五分）的光景，正好也有另外一個人進到廁所來。事後證明那個人是位食客，因爲席間啤酒喝得太多，需要進來放放水。

馬力歐坐在廁所內聽見那食客因爲想使用他的廁所間而敲門（事後求證於該名食客，其解釋爲一向有使用馬桶小解的習慣），繼之試圖轉動門把進入，但發現隔間廁所的門是從裡面反鎖住的，遂再敲了幾聲，使用者卻一直不予應答（馬力歐事後聲稱，這是他個人的習慣，不喜歡在如廁時與人答話），那位食客只好利用小便池解決問題。

由此可見馬力歐自八點三十二分進入甬道起，至八點四十二分再度出現於前面的餐室爲止，中間這段時刻的確可以證明是在廁所內的（相對的，他也證明了那位食客進入甬道後的行蹤）。這點是對他極爲有利的不在現場證明。

但是，假若他進了廁所之後，將隔間廁所的門匙自內拔出（這是一種老式的廁所設備），然後站在門外將門鎖上，於八點三十三分帶著鑰匙潛入地窖行兇，即使在這時間內有人進到廁所來敲他的門，也有可能給敲門者製造上述「**有人使用中**」的印象。所以，馬力歐雖然擁有極爲有力的不在現場證明，但其唯一的弱點亦可推翻他這個反證，那便是：他在廁所內始終沒有開口回應過敲門者半句話！

當然，他也必需事先與安娜約好在地窖相會，以便下手。

＊賀松雅？不管從動機或時機的角度來看，均不乏殺害柯安娜的可能。

她討厭柯安娜的囂張跋扈，乃是無可置疑的。昨天，她很有可能在白天打電話給安娜，約她當晚八點半有重要的事要在後頭的地窖秘密相商。八點二十五分她抵達餐館之後，故意匆匆忙忙直奔後頭的雜物室，表面上看來是更換工作服，其實先下地窖等候，趁著安娜不注意之際，用鋃鎚打死她，再溜回雜物室換好衣服，八點三十五分出現於餐室加入工作行列。

由於她能準確說出八點三十至三十五分之間先後聽見有三批人推開甬道門進到後面來的情形（第一個人當然是柯安娜，第二及第三個人不外是馬力歐及那位食客），足證她八點三十至三十五分之間，人的確是在雜物間更衣而不在地窖，所以沒有可能殺害柯安娜（八點二十五至三十分松雅亦不可能先殺了安娜再潛回雜物間更衣，因為這段時間安娜尚未進到甬道來，如果松雅於八點三十分在甬道殺了安娜，將她移屍地窖，則無可能先後聽到馬力歐及那位食客上廁所的走動聲）。

只是，她的不在場反證也和馬力歐一樣，具有類似的弱點，因為她只是「**聽到**」先後有三批人於上述的關鍵時間在甬道走動，但始終沒有與他們「**面對面**」碰過頭！

＊賴蜜雪？儘管嚴格說起來，她的動機和時機均似稍嫌薄弱了一點，但並不能完全摒除其可能性。

她也和其他同事一樣，討厭安娜的傲慢，加上最近三個月來和金衛賢之間已有互通款曲的新關係，從她的心理角度來看，也不無可能因認爲安娜不配在金衛賢身邊的地位，而萌生殺機，暗中除去安娜，以取代其地位。

賴蜜雪可能在白天某一時刻打電話**密約**安娜晚上八點半下地窖去**談判**。她聲稱晚上在家看電視，但實際上可能偷偷騎著單車趕到「松鶴樓」，利用金衛賢平時交給她的那把後門鑰匙自後門潛入地窖，殺了安娜再偷偷溜回住所，假裝繼續看電視。

但根據她對警方所作的口供，八點半至八點四十五分之間，曾經三度試打電話給金衛賢，均因對方講話中而無法打通。她這一說詞，也正足可證明她這段時刻之間的確留在家裡，或者至少眞的試過要打電話找金衛賢（不管是從哪裡打），不然她怎麼知道金衛賢的電話佔線打不進來呢？

可惜，她的不在場證明也有美中不足的弱點——誰能證明她昨晚的確一個人待在家裡看電視呢？

＊黃仲達？可能性似乎比較小。就動機而言，漢瑞實在不相信松雅所稱安娜有意勾搭黃仲達的事為真（為什麼沒聽到其他同事提過這事？），也不相信黃仲達會做出對不起老闆的行為。

就行兇時間而言，黃仲達前前後後一直在廚房炒菜，忙得不可開交，沒踏出廚房半步，他自己和那名西班牙籍的女洗碗工都可作證。

＊張漢瑞他自己？根本百分之百不可能。因為他自始至終不是站在吧間幹活，便在廚房裡幫忙，不在場證明的可信度達百分之百！

漢瑞有條不紊分析了案發時餐館內各有關人物的行蹤之後，得到的結論是：除了自己和黃仲達兩人之外，每個人表面上看來似乎都擁有無懈可擊的不在場證明，但再經過一番更深入的研析，則發現每個嚴密的不在場證明之後，多多少少仍有那麼一絲弱點和漏洞。

——究竟哪一個才是眞正有問題的漏洞呢？相信施乃德組長也會和他一樣，根據本案每一條線索作過同樣的推理分析之後，提出這一相同的質疑。

10

「漢瑞！」北亞脫下風衣，連同那裝滿了書本和講義的超市塑膠購物袋一併堆放在漢瑞的床上，臉龐帶著一絲興奮的表情說：「這兩天報上登了一則與台灣有關的消息，不知你注意到了沒有？」

張漢瑞怔了一怔，把剛剛泡妥了濃香四溢的凍頂烏龍茶往靠窗的那張書桌上一擺，拉出椅子讓北亞坐下，自己則往床沿落座，語氣帶點酸地問：「在瑞士呀，傳播媒體處理台灣的新聞時，沒有消息往往便意味著是好消息。這些年來我個人老覺得，敝國在妳們新聞傳播界的形象，似乎遠較中國大陸來得負面。即便是偶有所謂的正面報導，也多是著重於經濟方面，政治上則是把我們批評得一無是處，彷若不可救藥的頑童……。怎麼，妳又看到什麼好消息了？」

「嘿，別抱怨啦，誰不知道你的碩士論文是繞著分析瑞士德語報紙裡的**中國形象**這個題目在打轉！其實，台灣距離我們瑞士那麼遠，這裡的人是不會有興趣去了解那麼多的。」北亞小心啜了口熱燙燙的茶，用心去品嚐那股沁入心肺的茶香，從容不迫說道：「報紙上說，瑞士精密電子及鐘錶工業集團ＳＭＨ旗下之一的瑞士電子錶廠Swatch，最近研發出一種新型的雙人式電話，利用裡面加裝的半導體晶片可以同時儲存記憶二十個受話人的姓名；此外，每具電話的背面，還附裝有另外一套話筒和聽筒，這款新穎的雙人電話（Twin-phone），可由兩個人同時對第三者通話，方便極了。據報導，Swatch錶廠開發出這型Swatchphone的電話之後，已經與貴國廠商合作在台生產，但將以美國為主要銷售市場，目前已由台灣生產了數千具運往美國試銷，每具售價為六十五美元……」

「咦，我每天都看報紙的，怎麼《**新蘇黎世日報**》和《**蘇黎世每日廣訊報**》上都沒有登載這一則報導？」

北亞伸手抓過床面那只購物袋，掏出兩份報紙，順勢遞給漢瑞。「一九八七年十二月三日星期四的《**伯恩日報**》和十二月四日星期五的《**聯邦日報**》經濟版上，都刊登了這則消息。伯恩地區的碧兒市，是全瑞士的鐘錶及電子工業中心，我想，伯恩地區的報紙當然會比其他地區重視這則消息，也許過幾天蘇黎世地區也會報導的。」

漢瑞接過報紙，匆匆翻閱了一陣後，抬頭望著北亞，若有所思。

她今天梳了個馬尾頭，身上罩著一件深藍色的寬鬆羊毛衫，脂粉不施，顯得俏氣十足。

「你在想什麼呀？」

「啊，沒什麼。」漢瑞原本考慮要不要把前天晚上「松鶴樓」命案說出來，經她這麼一問，不由得打消了此意。

「十點鐘了，我們開始好不好？」北亞指著書桌上的鬧鐘提議：「中午我請你去吃館子，然後咱們一道去看貝托陸奇的**末代皇帝**，怎麼樣？」

「好呀，我同意。不過電影由我來請！」

他寄居的這幢房子，主人艾醫生夫婦一大早八點多便上教堂去了，臨出門之前還特意交代漢瑞，要留他女朋友北亞一起在家吃午飯，現在聽了北亞的建議，他決定留張字條表明歉意和謝意，下次再接受他們夫婦熱心邀請。

這時，北亞已取出課本和筆記，攤擺在桌上。她略略皺了皺眉頭，對漢瑞說道：「我覺得中文和德文是兩種完全不可能有交集的語文：德文的發音呆板而固定，只要熟悉其所有的拼音規則，拿起任何一張報紙或一篇文章，便可朗朗上口，讀得頭頭是道，儘管你不一定能懂得其中的含意；中文呢，發音難得要死，像**媽**、**麻**、**馬**、**罵**四個字聲稍微不注意，整個語意就會完全走樣。」

「就像妳上次『**問**』我，卻把話語說成『漢瑞，我可不可以**吻**你』那樣的笑話，對不對？」

北亞雙頰微微泛紅，媚了他一眼，嗔笑道：「你當然樂啦！好，這回我不再**吻**你了，我要正經八百地問你：你承不承認德文發音容易、文法極難，而中文發音複雜、文法容易這回事？」

「妳舉個例子給我聽聽！」漢瑞用中文對北亞說。

北亞起先還能流暢地用中文解說她的觀點，但愈往下講，愈覺不濟，開始結結巴巴起來，到後來便乾脆改用德文陳述：

「譬如在德文裡，我們說**吃**（essen）這個動詞，其字形完全要跟隨前面的主詞和時態而變化——**我吃**（ich esse）、**你吃**（du isst）、**他/她吃**（er/ sie isst）、**我們吃**（wir essen）、**你們吃**（ihr esst）、**他/她/它們吃**（sie essen）、**您吃**（Sie essen）、**吃過了**（gegessen haben）、**正在吃**（am Essen sein）、**就要吃**（essen werden）、**可能會吃**（essen wuerden）、**被吃**（gegessen werden）等等所有的吃字，字形或助動詞都要改變，不像你們中文那麼省事，統統都是同一個**吃**字形，不必變化！」

漢瑞頷首同意她的說法，並以中文開她一句玩笑：「趁此教妳一句新的中文口語——這叫作**大小通吃**。」

北亞聽漢瑞仔細解說「**大小通吃**」的含意，聽懂之後不禁發出會心的一笑。她繼續說：「但是中文的發音變化多端，每一個字是第幾聲都得死記硬背起來，要不然——」她頓了一頓，臉上露出一副頗有心得的表情：「一個外國人到了中國餐館，如果點的是水餃，卻四音不分地說成了『**我要睡覺**』，豈不是和『**我可不可以吻你**』同樣的鬧笑話嗎？」

「妳眞是個好學生，已慢慢體會出箇中三昧了。」漢瑞讚揚她。

「謝謝你的稱讚，這也證明了你是個好老師啊！。」北亞面露得意之色，拿起筆往桌上的一張紙工工整整寫了四個中文字，推到漢瑞面前，說：「這是另外一個例子：你瞧，這句中文用語『**自言自語**』就是『**我對我自己說話**』的意思。在你們中文裡，『**我對我自己**』前後兩個『**我**』的形狀都一樣，並無改變，但換在德文裡，你就得寫成ich（**我**）及mir（**我自己**）兩個完全不同的形狀，因爲上面那個『**我**』（ich），在德文的文法裡是第一位格主詞，下面那個『**我自己**』（mir）是第三位格受詞，都要變化……」

漢瑞聽北亞滔滔不絕分析她對中、德兩種語文結構的差異，覺得她的分析甚有道理，也覺得她在學習中文方面的確是用心下了一番工夫，心頭不禁浮升起一股滿意、欣慰和敬佩。

然而，也正好是在這一時刻、這一氣氛之下，冥冥中好像有個什麼東西在他眼前晃動，他說不出那是一種什麼樣的感覺，只知道在他心靈底處似乎隱隱約約悸動著某種閃閃欲現的意念，但又無法確定那是什麼樣的東西。總之，他開始有點恍恍惚惚，神不守舍，那個不可捉模的意念頗爲令他焦躁不安。

「鈴——鈴——鈴」

客廳外頭的電話忽然響起來，把他從恍惚迷惘的心神狀態中拉回現實。他暫時拋下北亞，推開房門，走向電話几。

「對不起，張先生，大禮拜天打電話打攪您。本來想親自登門拜訪請教幾個小問題的，但是想一想，打電話請教也是一樣。」

施乃德組長的聲音由話筒飄進漢瑞耳朵，他雖然感到有點納悶，但不覺得十分意外，甚至還認爲施組長的電話來得正是時候。因爲，他遲早都有意將他昨天凌晨對「松鶴樓」命案所作的一番推理心得提供給組長參考。同時也很想從他身上打聽一些資訊，以作自己推理分析的印證依據。

「雖然前天晚上您已經告訴過我一遍，但爲愼重起見，我還要再向您求證一番。前天晚上八點三十分，您在吧台工作時，曾經接到外頭打進一通找金衛賢的電話，您確定打電話來的是名男子嗎？」

「是男人的聲音絕對錯不了！而且音色相當低沉。」漢瑞心中覺得奇怪，施組長怎麼會提出這樣的問題來？

但他馬上便會意過來。施組長一定在懷疑是賴蜜雪與金衛賢兩人事先串通好，由她自外頭打電話進來找金老闆，他接過電話後，將話筒擺在一邊，偷偷溜到地窖行兇……

「八點三十分你還親眼看見柯安娜最後一面，對不對？」組長緊追不放。

「不錯。記得那一刻——也就是我把外頭打進來的電話轉撥給樓上的金先生時——柯安娜正好打從我面前經過，走向後頭。」

「嗯。」組長在那頭沉吟了一下，又提高聲調問：「有件很奇怪的事，不得不請您費點心神，仔細清楚思考一下再回答我，這是很重要的一點——根據我們再度派人向方大同查證的結果，發現對方的說詞和整個事實包括您和金先生的說詞大有出入……」

「您——您說什麼？」漢瑞大吃一驚。

「方大同說，前晚八點半至八點五十五分之間他和金衛賢通電話是不錯，但是，並非他打電話找金衛賢的，而是金衛賢打電話找他！」

漢瑞兩眼睜得大大，手指加緊握住話筒，愣在那兒。「這……這怎麼可能？明明是方先生打電話進來，而且又是我親自接通的，我可以發誓證明金衛賢在那時刻並沒有打電話出去——事實上也絕對不可能。因爲，如果是他先打電話出去給方大同，那麼，吧台那具電話早在八點三十分之前便已佔線，外頭電話絕對不可能打得進來，我也絕不可能接到那通電話轉給樓上的金衛賢！」

「所以說啦，這就是我要向您查證的重點，以便弄清楚當晚八點半鐘那通電話究竟是怎麼一回事？總之，照眼前的狀況來看，金衛賢與方大同兩人都堅持己見，暗中必定另有隱情，其中一人講的不一定是眞話……。謝謝您，張先生，您的證詞對本案相當重要。必要時，我們還得麻煩您到局裡來一趟哩。」

放回電話，漢瑞緊皺雙眉。回到房間，一副失魂落魄的模樣靠倚床上。

有一點很不對勁！但究竟是什麼地方不對勁？他又說不出個所以然來。總之，很不對勁就是了。

這時，腦海中閃過一個念頭，令他驀然一驚，不禁坐直身來——組長該不會是在懷疑我替金衛賢做偽證、幫他製造與外頭通話的不在場證明吧？

不，不，不可能！

方大同並沒有否認他八點三十分至八點五十五分之間一直與金衛賢通電話的事實，而通電話的內容也和各有關證人的證詞相符合。惟一可爭論之點，就是金衛賢稱是方大同打電話來給他（他張漢瑞可以作證），而方大同卻否認這一點，聲稱是金衛賢打給他的（但提不出確切的證明）。這其中所代表的義意是什麼？

但不管他們兩人怎麼爭辯，都不能否認一個事實，那便是：兩人在八點三十分至八點五十五分之間的的確確通了二十五分鐘的電話！

照上述的分析來看，方大同似乎不可能與金衛賢串供，幫他製造不在場的偽證。

「漢瑞，你怎麼啦？從剛才你接了電話到現在，就好像不太怎麼對勁似的。什麼事，我能知道嗎？」北亞關切的聲音傳入他耳內。

「喔，沒什麼……喔，是……是這樣子的……」漢瑞猛然回過神，用手指扶正滑落在鼻樑上的眼鏡，像是做了個重大的決定，正色對北亞說道：「前天晚上，在我打工的那家中國餐館『松鶴樓』發生了一件謀殺案，死者是我們老闆的女朋友……」

他一五一十把命案的經過說給北亞聽，並且利用紙筆繪出他對全案的分析和推理心得。北亞睜大雙眼，聚精會神聽得津津有味，去年夏天漢瑞在麥靈根所展露的那副丰采再度在她眼裡呈現。（編按：請參閱作者繼本篇三年之後於一九九一年問世的張漢瑞第一個長篇本格密室推理解謎探案《**推理之旅**》）

「難怪你剛才聽完組長的電話便好像患了夢遊症似的，神不守舍獨個兒坐在床沿發呆，口中唸唸有詞，自言自語……」北亞款款深情地望著漢瑞鏡片後的黑眸子，心領神會地說：「依照你的推理分析，餐館中每個人都有無懈可擊的不在場證明，但同時也多多少少有那麼一丁點漏洞。就以金衛賢來說吧，當初以爲只要證實方大同不是在替他串供做僞證而打那通電話，便可證明他八點三十分至五十五分之間不在命案現場的反證爲眞。現在證明事實上也的確是如此。但，明明是方大同打電話到餐館找金老闆的，現在他爲什麼又突然矢口否認了呢？」

「這一點的確叫人費解。」漢瑞的目光飄往桌面那堆紙上，盯著北亞用中文寫有『**自言自語**』四個工整中文字體的那一張。

先前那股閃閃欲現的意念倏地再度湧上心頭。他張開嘴想說話，一時卻不知道自己究竟想說些什麼或是想表達些什麼?!

他心神很不安寧，用盡心力試著想把馳騁的思緒給集中起來。

突然——就是這麼突然的一瞬！

那些凌亂的思緒，那個隱隱欲現的意念，像是曠野漆黑大地上空遽然劃下的一道閃光，耀亮了他的眼睛，也打開了思索的茅塞。

頓時，他覺得耳根微微發熱，臉上泛現紅光，心口一陣蹦蹦亂竄，雙手微微發抖，口乾舌燥，兩眼直直朝著北亞身上緊盯不放。

北亞被他奇特的目光盯得有點渾身不自在，詫異不解之餘，下意識扯扯衣服，不由自主把身子往背椅靠攏退縮。

漢瑞躍起身來，撲近桌面，一把拉開左邊的抽屜，取出昨天早上他趕往郵局交寄的那疊譯件底稿，一陣急促翻閱之後，他便平靜了下來，握著那疊文件轉向一旁驚愕的北亞，出其不防地在她額上親了一下，興奮中帶著點詭異的神情顫聲說道：「我完全弄通了！兇手的殺人計畫原來竟是這麼的周密詭黠，眞是天才、天才！」

11

本來星期一早上九點至十一點漢瑞在蘇黎世大學有一門「傳播學及其社會脈絡」的課要聽的，但是今天他一點心情也沒有，腦子裡盡是浮現「松鶴樓」命案的每一個細節。昨天中午和北亞上館子吃飯，也食不知味。因爲，他分析這件命案的理論假設部份已經胸有成竹，剩下來唯一該做的，便是如何蒐集證據去證實他的假設推理。

但是同時，他內心也充滿迷惘和矛盾。因爲，他要揭發的殺人兇手，是他平日共事相處的人物之一，怎麼說都鼓不起這個勇氣向警方舉發。

於是，整個下午和整整一夜，他都在自我矛盾的煎熬之中徘徊。

他向北亞表明心裡的感受，請她先行返回伯恩，讓他一個人把頭腦清靜一下，重新整理他的推理分析，並答應她下個星期日會面時一定將全案的來龍去脈仔細說給她聽。

兩點鐘，他送北亞上了火車之後，當下便走到火車站內的郵電局去打聽他所需要的資訊。

當晚，躺在床上，兇手的行兇計謀一幕幕不斷在他眼前映現，刺激著他的腦神經，結果自然又是徹夜不能成眠。

翌晨九點半鐘，他和北亞通了一次電話，在她的鼓勵之下，好不容易克服了內心的自我掙扎，終於下定決心到刑事局去拜訪施乃德組長。

12

位於蘇黎世火車站正對面，站前街鬧區的一家咖啡餐室樓上一隅。

北亞點完一客她喜愛的義式卡布奇諾咖啡，將侍者送來的帳單捲成小圓筒，好玩地豎立在桌面上，對漢瑞怨聲說：「你這個人真殘忍，整整讓我憋了一個星期，什麼也不告訴我。幹嘛這麼神秘兮兮的？」

漢瑞臉上現出略帶歉意卻又摻雜了一絲促狹的詭笑。北亞沒理會他，繼續說：「要不是我大前天星期四上圖書館，翻到十二月十日蘇黎世的報紙，作夢也料想不到你的老闆金衛賢先生竟然是殺害柯安娜的兇手。」

「這不就夠了嗎？妳還想知道些什麼呢？」漢瑞聽北亞說到金衛老闆是殺人兇手時，轉頭小心望望左右，心情十分複雜。

北亞掏出兩則小小的剪報，遞向漢瑞。「報上只說市刑事警察局的施乃德組長在十二月九日那天，以蓄意謀殺的罪名逮捕了金老闆。面對確鑿的證據，金老闆已伏首認罪，並向警方供認是受不了安娜的威脅——她逼他早日和她結婚，不然就要舉發他逃漏稅的營業秘密，並且要和他的大掌廚黃仲達結婚，然後自己出來開一家中國餐館和他打對台。至於警方如何偵破本案的全部詳細過程，則是隻字未提。是不是你提供他們破案靈感的？」

漢瑞凝視那兩則剪報沉默不語。侍者送來咖啡，他接過來湊近鼻端閉起眼睛深深吸了一口氣，讓咖啡的濃香沁入嗅覺神經裡。

「真對不起，叫妳憋了那麼久。雖然上星期日這個時刻我已推斷出誰是本案的真兇，但那也只不過是理論性的紙上談兵，沒有眞實可見的證據還是沒有用的，」漢瑞啜嚐了一口咖啡。「第二天早上我接受妳在電話中的鼓勵，便去找施組長，把我的推斷分析全部告訴他。他立刻展開行動，星期二便已經將金老闆殺人的各項罪證蒐集齊全。我指的不是兇器——那隻鋃鎚經化驗結果，並沒發現任何指紋。面對這些確鑿的證據，金老闆那嚴密得無懈可擊的不在場證明終於被推翻，不得不伏首認罪。」

「星期四的報紙既然已經報導了這件謀殺案，當天我打電話問你整個案情的來龍去脈，爲什麼你還不願意告訴我呢？」

「不是我不願說，而是——」漢瑞抓起北亞的手，輕拂著她的手心。「一來，就像我在電話中告訴妳的，希望妳再自己動腦筋去推想整個案情的答案，考驗一下自己的分析能力；二來，其間我還要跑一趟歐騰市近郊一個小村莊去拜訪死者柯安娜的唯一親人——她哥哥，以便了解一下她的性格背景……」

漢瑞眼前浮現一張殷實中帶著一絲謹愼與充滿警戒的臉龐來。

柯安娜的哥哥柯駱瀾（Roland Koller），落入漢瑞第一眼的印象，是他那張瘦削的臉，給人一種冷肅的感覺，好像原本該有的歡笑都叫歲月給劫走了，與他妹妹安娜的澤潤兩相對照，不像是有兄妹的一層關係。唯一說得上是沾得點邊的，似乎就是可以從中隱約捕捉出安娜生前予人那麼一絲冷傲的感覺。

這柯駱瀾表面上看起來大約在四十五歲左右吧，但漢瑞心頭揣想，實際的年齡也有可能年輕個三、四歲，因爲一般歐洲人在外觀上總是較同齡層的亞洲人老樣些。這樣來判斷，他應該要比他妹妹安娜大個二十歲上下。

柯駱瀾正手忙腳亂地招呼著在他小雜貨鋪子裡買東西的客人。漢瑞事先沒與對方約定前來的時間，算是一名臨時登門拜訪的不速之客。這雖然違反西方人的習慣與禮節，但漢瑞卻想在對方沒有刻意準備的情況之下，聽聽他對自己胞妹死於被殺的看法。柯駱瀾逮到暫時沒有客人上門的空檔，很快在接受漢瑞表示慰問之同時，答覆了他一些想知的問題。

沒見著柯安娜的哥哥之前，漢瑞的心情是好奇中透著點緊張。在柯駱瀾聽完漢瑞的來意之後，漢瑞倒覺得對方的神情似乎比自己的好奇中透著點緊張更爲有過之而無不及。

「唉，安娜的個性太倔強了，永遠不服輸，一點也不甘心待在我這個鋪子裡……」這是漢瑞與柯駱瀾談完話之後，對方最後所表達的慨嘆，透露出諸多的感傷與無奈。

「我承認自己實在太笨，沒有你那樣的推理細胞」，北亞用揶揄自嘲的語氣酸溜溜說：「現在，不管怎麼樣，你總該原原本本分析給我聽了吧？我想聽的，便是報紙上沒有仔細提到兇手使用什麼詭計的部份。」

漢瑞將杯中最後一口咖啡送進嘴裡，清一清喉嚨之後正色道：「我覺得瑞士的報紙在處理這一類的新聞，是比台灣的報紙乾淨得多了。貴國的報紙比較不刻意運用聳人聽聞的方式去擴大渲染社會犯罪事件的各種細節，當事人的隱私權也較受到保護。不像在台灣，每天打開報紙盡是一些觸目驚心的偷殺搶騙等犯罪報導，處處刀光血影，還繪影繪聲吵噪，老叫人對這個世界和人生產生悲觀的看法。

好，不扯那麼遠了，看來，不趕快把解開本案的關鍵分析給妳聽，妳還眞的會憋死哩！」

北亞有所期待地望著他。

「這件案子金老闆打從一開始便費盡心機去設計他案發之時人不在現場的證明。他用的是我們中國傳統計謀學中的『**聲東擊西**』和『**移花接木**』兩計，以達到『**金蟬脫殼**』這一計的效果。中國的章回小說裡多的是這一類用計的例子，很有意思呢……

妳還記得上個星期日我對妳分析案發時餐館內各涉嫌人物的行蹤嗎？當時的結論是，每個人都有不在場證明，但是每人的不在場證明之後，又都各有其弱點。換句話說，還是排除不了人人有下手做案的可能。惟在這一群涉嫌人物當中，卻數金老闆的不在場證明最爲嚴密，因爲八點三十分至四十分之間命案發生的時候，他正在樓上與外頭打電話進來的方大同通話，而且一直到八點五十五分都在樓上，沒離開過他的辦公室。這一點，至少有我、方大同以及賀松雅可以作證。

直到上個星期日早上，施組長打電話向我查證，八點三十分究竟是金老闆先打電話找方大同講話？還是方大同打進餐館來找金老闆的？這才隱約顯示出金老闆和方大同之間的電話交談似乎存有某種不可告人的矛盾……。但不管是金老闆或方大同兩人誰先打電話給對方，都殊途同歸地構成一個無可否認的事實，那便是金衛賢從八點三十分至五十五分一直都在講電話，同時不可能涉足兇案現場……」

「既然如此，你憑什麼斷定他是眞兇？難道他有分身的通天大法術不成？」北亞的語氣充滿了急急欲知謎底的渴切。

「問題便是出在施組長後來查出金衛賢和方大同兩人互相否認說詞的矛盾之上——妳知道嗎？兇案發生那天晚上八點半鐘打電話進來找金老闆的，其實並不是方大同……」

「什麼？不是方大同？」北亞圓睜起雙眼：「那麼是誰呢？」

漢瑞擠出一絲笑容，逐字逐字慢慢說道：「打電話給金衛賢的，其實正是他自己本人！」

「你、你——說什麼？」

北亞的眼睛睜得更大了。她縮回雙手，抬起頭訝異地望著漢瑞。這一反應看在漢瑞眼裡，簡直就和星期一早上施乃德組長的反應沒有兩樣。怔了半晌，她才又百思不解地追問：「怎麼可能呢？你和方大同不是都親自證明當時金衛賢的確和方大同在講電話的嗎？他怎麼可能一方面打電話給自己，另一方面又和方大同講話？而且這又和他製造不在場證明有什麼直接關聯呢？」

「哈哈，學問就出在這裡了，所以我不得不佩服他的天才。」漢瑞微微點頭說：「他整個不在場證明的設計，是利用汽車行動電話來完成的！汽車行動電話這項產品，是最近一、兩年才在歐洲尤其是瑞士興起的新鮮玩意，如果妳留意翻閱各報的汽車廣告欄，一定發現不少各式各樣廠牌的促銷宣傳與介紹。這種電話在瑞士叫作Natel-C汽車行動電話系統，它的模式有固定裝設在汽車之上，也有像○○七手提箱一般可以隨身攜帶的。用戶透過電信局的轉播網，隨時可從汽車裡或隨身攜帶的整具電話箱，由任何地點撥號給受話的對方，譬如從汽車可以打給住戶，或由住戶打給正在公路上行駛著的汽車駕駛人。

目前在瑞士，這種電話系統還沒有普及全國，因爲電信總局尚未建立起全國性的轉播網。上個星期日下午，我送妳上車回伯恩之後，順便走到火車站內的電信局去要了一份有關在瑞士申請汽車行動電話的說明書，仔細研閱之後，了解在瑞士建立這種新式的Natel-C電話系統將分成三個階段來完成：第一階段是自一九八七年九月十五日至一九八八年中，通話的範圍暫時只限定在大蘇黎世地區，到今年年底可以擴充到二萬五千門用戶；自一九八八年年中起，是爲第二階段，通話的範圍將涵蓋瑞士東西及南北兩軸地區和省份，用戶可增至十萬門；預計從一九八九年底起，瑞士中部及山區、隧道等死角地帶也可以全面通話。

弄清楚汽車行動電話的通性之後，現在我要言歸正傳了。金衛賢在兇案發生當晚事先編造一個迫切的理由，約柯安娜八點三十分獨自下地窖——我推想，大概是利用要和她結婚這個話題爲餌，臨時誘她下去的。就在安娜走向後頭甬道的同一時間，金衛賢利用他預藏在樓上辦公室的一架手提型行動電話撥叫松鶴樓餐館的電話號碼，僞裝成方大同低沉的聲音，對當時正在吧台幹活而接聽電話的我指名要找金老闆——也就是他自己——說話。這時的狀況是他的行動電話機和餐館吧間的電話總機通話。等我將這通僞裝自外頭打進來的電話轉撥到樓上，而他也拿起分機的話筒之後，便像是外頭的『方大同』對樓上的金衛賢『通話』狀況。事實上，他拿起分機話筒之後，根本無話可講，而是利用這個僞造的『通話事實』極其迅速地偷偷溜下地窖，以那隻鋃鎚乾淨俐落地打死毫無防備的柯安娜。憑他事前愼密的準備，和對餐館內部環境的熟悉，這前後的行動一定不會超過三分鐘，同時也做到了不叫松雅、馬力歐和其他任何人在甬道撞見他的可能性。他殺死安娜回到樓上大約是八點三十三分，便撥電話找方大同——」

「慢著、慢著！」北亞急急打斷他的敘述：「不可能吧？這時他的電話分機還被自己的那架行動電話佔著線，這一點，你和賴蜜雪、賀松雅當時都作證了，金老闆又怎麼可能同時打電話給方大同呢？」

「呵呵，這就是他製造不在場證明最高招的地方了！他是利用**第二具**手提行動電話機來完成這項任務的！因此，**第一具**手提行動電話的作用，是在替他自己製造方大同由外頭打電話進來和他講話的假象，也就是無中生有地**製造出時間**來供他行兇；**第二具**電話則在替這個假象**做修補**、**潤飾**的工夫，也就是透過方大同的口來證明他金衛賢整個案發的時間一直都在樓上和方大同通電話。

不過，他這一招也有個弱點，那便是不能讓警方或第三者察覺**是他**打電話找方大同，而非方大同主動打電話來找他講話。因為這樣一來，雖然仍能以耍賴的方式一口咬定方大同撒謊，賴蜜雪、松雅和我也能證實他當時的確在和方大同通話而未離開辦公室半步，但這畢竟還是會引起人家把注意的焦點投往他身上。

命案發生後當夜，施組長的助手曾向方大同求證是否真的和金老闆通電話。也許因為那名年輕刑警經驗不足，他提問題的時候是這樣問的：『方先生，八點半至八點五十五分您和金先生在通電話是嗎？您們在電話中講了些什麼？』。由於前面一個問題為封閉式的『是』與『不是』之問，故方大同當時也就順著問話的方式直接回答，只肯定地說出他的確曾和金老闆通過電話的事實，而沒有主動想到去回答說是金老闆先打電話來找他的。所以，大家**便在直覺上都誤信了**方大同是在命案發生的時刻打電話給金老闆的『事實』。

後來，施組長再向各個涉案人物查證案發當晚的證詞，大概這次在方大同面前無意中用『**您八點三十分打電話給金衛賢時……**』的方式問話，引起方大同的辯正和否認，所以後來才會有他和金衛賢雙方之間各自堅持己方說詞的事發生。」

「可是，依照你的推斷，金衛賢八點三十三分才利用他的第二具隨身攜帶行動電話與方大同通話，警方向方大同查證時，方大同為什麼沒有指出金衛賢所稱的通話時間有三分鐘的誤差呢？」

「關於這一點，正是兇手在整個作案設計中所需冒的兩大風險之一。其中一個，剛才我們已經討論過，也就是不能叫人察覺是他主動打電話給方大同的問題。現在這個三分鐘的時間差異，事實上也不難矇混，只要他在電話中有意無意向對方作類似『啊，我得收話了，從剛才八點半到現在，已經足足和你講了二十幾分鐘……』的強調或暗示，或者事後向警方堅稱他的確在八點半鐘接到自外頭打進來的電話。不管怎麼樣，他總有松雅、蜜雪和我這三個證人可以替他的說詞作證。方大同則沒有這項優勢。所以，警方最後還是不得不相信他的說詞——事實上他的計謀和冒險都成功了。」

「照你這麼一解說，如果沒有把腦筋動到『**同時撥出兩通電話**』這個節骨眼上面，絕對不可能識破金衛賢的不在場證明詭計。換句話說，他和方大同兩人之間說詞上的矛盾，在本案調查過程中也就呈現不出什麼眞正明顯的義意來。這一點，施組長沒能看出來，而你是憑什麼方法推理出來的呢？」

「靠妳呀！」漢瑞又再抓起北亞纖巧的小手，親切的笑容映入她藍藍的眼眸中。「是妳帶給我的靈感！還記得上個星期日妳帶給我那兩份報導有關Swatch雙人電話的報紙嗎？當時我讀完那則新聞，『雙人電話』的功能與特性隱隱激發了我的想像，腦子中很快浮現兩個人同時使用一具電話對第三者通話的情景。但這並未立刻就本案給我帶來什麼直接而明顯的意義。直到妳同我討論學習中文的問題，比較中、德兩種文字的差異，提到『**自言自語**』這句中文成語，才猛然勾起我把『**自己同自己說話**』和『**金衛賢與方大同兩人均堅稱是對方主動打電話過來的說詞**』這兩件事聯想在一塊兒的意念，並且很自然與『**雙人電話**』的模糊概念結合起來，便在我眼前組成了一幅意象十分明顯的圖畫：

『**雙人電話**』——甲、乙可以同時使用同一具電話機對丙通話。反過來，不就成了丙同時在與甲、乙通話嗎？

『**金衛賢與方大同兩人均堅稱是對方主動打電話過來的說詞**』——此一矛盾現象可藉『**自己對自己說話**』的情況獲得合理解釋。亦即假設『**丙**』打電話給『**自己**』，目的是想在他人面前製造自己電話佔線的表象，那麼，這個『**丙**』或『**自己**』，就必需再同時擁有和另外一個人（『**甲**』）通話的事實，並透過『**乙**』拿起電話聽到他的聲音來作證，始能於事後證明他的確曾在電話佔線的時間內與他人（『**甲**』）講話的說詞爲眞。

但是，『丙』怎麼可能利用僅有的一具電話，製造出同時與『甲』、『乙』兩人通話的事實呢？

我原本也想到他可能利用串通方大同或賴蜜雪事先打電話給他的方式，來替他製造不在現場的證明，也就是，其中一人自外頭撥電話進來，他接過之後，立刻放下聽筒，但不掛斷，很快溜下樓殺了人再溜回來，將話筒掛回，隨即再撥方大同的號碼，造成他在找方大同通話的假象。但這樣一來，會冒被我發現——發現吧台總機上面的轉接鍵鈕突然不再亮著——的極大風險。如此，他**持續沒間斷**與外界通話的『事實』便不可能成立。上個星期日施組長打電話向我查證這一節時，我還以爲他也已推理到這一點，而懷疑我與金衛賢共謀哩——因爲站在我的立場，似乎也有可能在察覺總機轉接鍵鈕熄滅之後，幫他向警方謊稱鍵鈕仍繼續亮著之嫌。

經我仔細再分析，便排除了賴蜜雪串通共謀的可能性。因爲她有一副清脆少女的嗓音，裝不出方大同低沉的中年男音來；另一方面，方大同在第二次接受警方詢問時，無意間說出當晚並非他主動打電話找金衛賢的事實來，令我想到他與金衛賢串謀的不可能性。

這時我突然靈光一閃，馬上想起前一天曾經替一家翻譯社翻譯汽車行動電話的內容來，把隨身行動電話的功能和特性結合到上述的聯想之中，便識破了兇手如何製造不在場證明的詭計。」

「後來你們——我是指施組長他們——是怎麼查到罪證的呢？」

「目前在瑞士，不，應該說是在大蘇黎世地區，如果想擁有一具汽車行動電話，必須先向郵電總局核定有經營權的汽車用品商或電話商申請，他們會代客戶向郵電局辦理申請登記，郵電局一有空餘的門號，便會通知客戶正式啓用。一般住戶若要打電話給駕車行動中的用戶，必須先撥〇七〇，再撥行動電話的號碼，電信局的交換機便自動接通雙方，並將行動電話的通話時間及費用自動記錄下來。於是我建議施組長根據上述的資訊背景派人四出向蘇黎世所有的行動電話經銷商查詢，果然分別在兩家不同的經銷商那兒查出，金衛賢在今年九月及十月均各向他們申購了一具這種電話。妳想想看，一個普普通通的餐館老闆，又不是什麼大企業、大財團的董事長，有什麼必要在短短時間內一口氣申購了兩具行動電話？這與『松鶴樓』命案聯結在一塊，其背後的意圖不就十分明顯了嗎？警方在金老闆寓所地窖的儲物間起出那兩具電話機時，他在驚詫不知所措之餘，很快便認罪了。其實案發當晚，如果警方立即搜索金衛賢樓上的辦公室，一定可以當場發現他藏在那兒的兩具行動電話，因爲他當時根本不可能有時間將它們移藏到別處去。只是……只是當時誰有充分的理由去懷疑他是殺人兇手而想到應該馬上在他房間搜索罪證呢？」

聽完漢瑞長篇大論的分析，北亞低頭沉默不語。

漢瑞輕輕嘆了口氣，好像千斤重擔都藉著這口氣釋放出來。他端起咖啡杯，湊近嘴邊，發現杯子早已空了，但依然將杯子對著嘴一乾見底，乾啜所剩餘那幾滴冰涼的褐色水珠。

「你不覺得這宗命案背後所隱藏的，是個值得我們去追究探討的嚴肅問題嗎？——不管是從人性的觀點，或道德、社會以及心理的角度來看，能不能告訴我，你此刻是個什麼樣的心情？」北亞打破沉寂，頗有哲學意味地直視著漢瑞問道。

漢瑞用舌尖舔舔嘴唇，咖啡所殘餘的苦味鑽進他的知覺系統裡。

「妳的問題正好觸及了我平日常常思索的一個問題：做爲一個人，最不自主的，恐怕便是他擁有喜怒哀樂等七情六慾。一般普通人終其一生總擺脫不了『**名**』與『**利**』這兩個字的束縛，以西方人的術語來說，即是所謂的『**成就動機**』。另外，妳們西方人受佛洛依德及容格等深層心理分析理論的影響，強調所謂的『**力必多**』（Libido）這種原慾乃係決定人格及行爲發展的說法。我留意妳們西方各派心理學的理論，發現人的『**自卑情結**』往往會引發一個人產生『**成就動機**』及『**敵意**』——我們中國人傳統上對這兩種現象的混合好像稱之爲『**爭一口氣**』。」

「『**爭一口氣**』，」北亞默默地跟著複誦了這四個字一遍，接著說：「我喜歡你們中文裡這樣的說法。」

「本星期我專程跑了一趟歐騰市郊一個小村莊，找到柯安娜的哥哥，和他談了一些問題，因而從中了解柯安娜生前的一些背景。原來她父母早亡，自小可以說是由她哥哥一手帶大的。在學校中常常愛和班上一位家境富有而且功課比她強的女同學相比。十五歲那年，又因同時與那位女同學鍾情一名在迪斯可舞廳認識的小伙子，但最後還是敵不過那位女同學，初次飽嚐失戀的滋味。

離開學校之後，那位女同學順利進了高中，又上了大學，安娜則沒這份福氣。她必需到她哥哥的雜貨店當學徒兼助手，學習怎麼照顧生意，並同時去唸職業學校。我想，以她這樣的出身背景，無形中會在潛意識裡造成自卑的心結。這個心結隨著時間及年齡的增長，不斷在督促她這一輩子非得出人頭地不可。所以，自從她認識了金衛賢而與他同居在一起之後，內心便充滿了希望，日夜計劃如何藉著金老闆來使她飛上枝頭當鳳凰。我想，她大概認爲在瑞士找個有事業基礎的外國人，較之找個瑞士人容易達成她的企望。由於內心深層那股自卑情結在作祟，使她產生處處非高人一等不可的不平衡『優越』心態，故在同事面前總給人一種充滿敵意的不友善印象。

她幫金老闆經營餐館，和他同居共處，最近又去做專業進修，無非都是想成就一個目的，那便是早日成爲名正言順的金夫人——餐館的老闆娘——以遂出人頭地的心願。

可是，最近在她和金衛賢之間，卻無端端地殺進了一個程咬金，那個年輕貌美的賴蜜雪大有橫刀奪愛、破壞她美夢之勢。她情急之下，不得不三番兩次吵著要金衛賢早日和她成婚。

而金衛賢隻身一人在瑞士奮鬥了十幾年，白手苦幹起家，當然也不是個傻子，他怎麼可能，不，他怎麼「**敢**」娶有這種性格的女子來做爲終身的伴侶呢？現在兩人尚未結婚，她已經在同事面前囂張得不可一世，萬一眞的同她結了婚，她成了明正言順的老闆娘，餐館豈非日日雞犬不寧、要被她搞得天下大亂?!

柯安娜眼見金衛賢推三阻四，遲遲無意和她結婚，又見賴蜜雪來勢凶凶地介入，遂不惜以揭發金老闆這些年來逃稅、漏稅的秘密當作威脅手段，並在餐館裡放出要把他的得力支柱黃仲達挖走與他打對台的空氣，冀圖金老闆早日做出有利於她的決定。

要知道，人在缺乏安全感或對四周環境極端缺乏足夠資訊的恐懼處境之下，爲了保護自己，往往會變得充滿敵意和攻擊性。金老闆便是在這種心理反應之下，再加上他有捨安娜而取蜜雪的抉擇，遂一不做二不休對安娜產生了謀殺的動機……」

「人的命運實在是個十分難解的東西。像柯安娜和金衛賢這樣的悲劇，難道不可能避免的嗎？」

「這個世界有四十多億人口，每個人的生活環境及心理背景等主、客觀因素，都分別是一項變數，人與人之間的互動，即等於各項變數的因果變化，從人類演進和社會發展的歷史軌跡來看，有些因果變化是有某些定則可循的，有些則無。如果在互動的過程中再突然插入一些不可預料的中介變數，則其結果當然又是另外一番境況。我個人認爲，把某些人和某些人牽在一塊使之產生互動關係的，便是我們中國人或佛家所稱的『**緣**』這個字，有許多人把這個字解釋爲『**或然率**』，但我比較傾向『**命運**』這個說法……」

「眞是複雜人生！」

「既然已經來到這個世界，就得把這條路走完呀！」漢瑞看看手錶，改用比較輕鬆的語氣說道：「吃飯時間到了，我們叫東西吃吧。人生哲學或哲學人生的問題，都沒有民生問題來得重要。吃完了飯，我們去趕兩點鐘那場『末代皇帝』，上個星期日沒有看成，今天我要補請回來。」

【全文完】

〈松鶴樓〉後記

本作先於一九八八年十一月九日起在聯合報系的巴黎《歐洲日報》副刊連載，一九八九年復又見刊於台北六月號第五十六期的《推理雜誌》。

重新校讀二十年前的舊作，有恍如昨日之感。昔日在蘇黎世大學當學生的歲月（一九七五至一九八二），都一一再度浮現於字裡行間，閃現到眼前。今昔對照，許多蘇黎世的實地場景與事物皆已滄海桑田，器物變形。二十幾年前張漢瑞所處的生活環境與景況，如今回顧起來也蠻值得回味再三的，例如那個時期的個人電腦尚未普及上市（而「松鶴樓」這篇小說當時是用手寫成的，如今爲使舊作重現江湖，還得利用電腦鍵盤一字一字重新敲繕；至於其他在一九九〇年代中期以前寫入磁碟片的稿子，也無法相融於當今的新型電腦，還是得花費時間和精神逐字重新繕打）；此外，那個年代根本還沒有袖珍靈巧的手機，體積粗大笨拙的「行動電話」不但十分昂貴，而且使用起來也很不方便。又如，故事裡所敘述的**「兩點鐘，他送北亞上了火車之後，當下便走到火車站內的郵電局去打聽他所需要的資訊」**。在相隔二十年之後的今天，那所當時稱作ＰＴＴ（Post/ Telefon/ Telegramm）的郵電局已不復存在，早就改設成一家大規模的眼鏡行了。凡此種種，都可在本作〈松鶴樓〉裡留下雪泥鴻爪。

生活在瑞士以外的華文讀者或許無法體會箇中的況味。但目下定居於瑞士或過去曾在瑞士有過生活經驗的華文讀者（乃至諳華文的德語朋友），相信定會對本篇所描繪的若干場景與氣氛產生懷舊憶往的親切認同感。

郵差總是不按鈴

Money laundering

1

「這兒上下火車眞的要十分小心，」在同時橫跨瑞、德、法三國邊境的巴塞爾火車站海關警察所內，漢瑞從椅背上取回先前掛著的夾克，對那位客氣接待他的瑞士海關警察說，「而且還得隨時把護照帶在身上，否則一不留意走錯月台上錯車，不是搭到德國便是一路殺到巴黎！」

「謝謝您的協助，張先生，我們馬上會打電話與貴國設在伯恩的辦事處聯繫。」

警察用剛剛撫摸過上唇鬍子的手伸向漢瑞道別：「等您的帳單一寄到，我們立刻會把翻譯費給您匯去。再見。」

再過三十天，一九九三年便要在這個算不上特別寒冷的冬天中，像一列緩緩駛出車站的火車，漸行漸遠地隱去。

今天才不過是這個月的第一天，便有眼前這筆翻譯生意找上門來。聽那警察說，是火車站附近那家中國食品商店的老板把他張漢瑞推薦給警方的。他心中暗忖，鐵是那柬埔寨來的華裔難民馬老板。大約十年前，這批難民由中南半島被接來瑞士的時候，便是漢瑞替他們其中幾個人當的翻譯，那時候，也是他自己剛來瑞士求學的第二個年頭，艱澀的德語在他口中，像狂風巨浪中的一葉扁舟，一路有驚無險地顚晃到目的地。

中國人眞是個隨遇而安的族群，全世界的每一個角落，不管是好是壞，他們都能安身立命，而且大都還有能耐闖出一番事業來。在漢瑞所認識的瑞士人當中，不少是抱有這種認定的，他覺得這說法大致並沒有偏差，至少，散居在瑞士的華人都很安份。

可是，爲什麼兩個鐘頭之前他受託替對方口譯的那名中國人，卻要打破這個形象，夾帶將近一公斤的古柯鹼走私闖關，又偏偏在巴塞爾火車站的海關被警察逮個正著呢？漢瑞不是第一次上警察局當翻譯。在他印象裡，瑞士警察向來處事都比較「君子」的，換句話說，就是比較的溫和寬鬆些，不像德國警察，可精明嚴峻得多了。瑞士警察還蠻公道地幫這中國人找翻譯，以便了解案情的來龍去脈。

看他的樣子，大約二十七、八歲左右吧，行李只有一件簡單的背囊和一只塑膠購物袋，一頭濃墨墨的黑髮，和腳底雪白的運動鞋，正好成了上下明顯的對比。但是層層毛衣加夾克，使他瘦削的黑臉在人爲的臃腫中，顯得有點滑稽。除了會講一句發音並不十分準確的簡單英語「I am tourist」之外，在警察面前什麼也吐不出來。

他所持用的護照，告訴警方他是來自台灣的中國人；同時，上面的簽證記錄也說明，他的足跡已跑過了日本、香港、法國、義大利、奧地利、德國等地方。

他是清晨搭乘由德國開往瑞士的國際快車入境的。等張漢瑞接到電話委託，由蘇黎世搭火車趕到巴塞爾火車站內的海關警察所，已經是下午快兩點鐘了。

站在同胞的立場，漢瑞是很想協助這位也和他一樣姓張的青年。在回答警方盤問的傳譯過程中，漢瑞獲悉對方是台灣某家貿易公司的職員，來歐洲的目的是在自助旅行度假，但不知在什麼時候、也不知在什麼地方，竟糊裡糊塗、莫明其妙地被人家偷偷將毒品塞進他的背包中。

「請留意這位中國人的護照。」完成傳譯任務離開警察所時，漢瑞認眞地告訴那位警察：「依我推測，眼前這名中國人，極可能不是護照原來的主人。」

「什麼？您的意思是說，他所持用的，是一本台灣假護照？」

「眞假我不敢肯定，我只是懷疑它有可能被冒用。」

警察的臉色一緊。漢瑞接著說：「這名青年所操的中國話，北京腔很濃，而且有些用語和我們台灣的習慣不太相同，譬如『**不足**』一詞，我們在台灣的中文說『**缺乏**』或『**不夠**』，他們大陸則叫『**緊張**』。」

警察不斷地「唔唔」點頭低吟。

「最近我常從台灣報紙讀到這樣的消息，中華民國護照在國際黑市的行情暴漲看好，一本有美、日或歐洲國家入境簽證的台灣護照，黑市價格大約在一萬五到三萬美元之間！所以近年來台灣人民遺失護照的情況也越來越嚴重。據說，這些遺失的護照，百分之九十多在旅行社或旅行團中**集體遺失**的，現在平均一年大約在一萬五千本至二萬本之間。台灣警方調查的結果顯示，極可能是國際不法集團與不肖旅行業者串通，取得這些護照之後，專門出售給中國大陸或東南亞地區的華人，以達到走私人口向外移民的目的。」

「您眞的無法幫我們鑑定一下這本護照的眞僞嗎？」

「對不起，我實在沒有這個能力。」

「那麼，請您告訴我，貴國駐瑞士的大使館或領事館在哪裡？」

「我們在瑞士沒有使領館！」

「什麼？」警察愣了一愣，無法置信的神情湧上顏面。「常聽說台灣是個有錢的國家，怎可能在瑞士沒設使領館？」

「是啊，貴國政府在政治上並不承認台灣是個國家嘛，所以我國也只能暫時在伯恩設立一個專責處理文經交流的代表辦事處。您如對護照的眞僞有疑問，我建議您不妨與他們聯繫……」

2

雖然瑞士十二月上旬的冬景早將那令人愛迷的暑晴遠遠拋在後頭，但迫不及待地跳下電車，顧不得路人的側目，便展開一陣百米賽跑衝刺的結果，好像又把熱烘烘的盛夏追捕了回來。

只不過甫一飆進辦公室，那股迎面襲來的陰冷氣氛，還是叫林杉木先前冒得滿身熱騰的汗團，遽然降成了接近零下的溫度，連口鼻中噴喘出來的氣息也好像是冰涼颼颼的！

今天又是不幸一頭栽進冰窖裡了。

硬著頭皮，向孟老板的小房間探進半個身，用幾近心虛的語調飛快丟出一句「孟總經理早」。孟老板由攤在辦公桌上的報紙抬起他那張陰沉沉的老黑臉，以默不作聲作爲表情僵然的註解，而他目光順勢滑向腕上的手錶時，林杉木更是覺得全身的筋骨猛然一緊。

他立刻轉頭抽身，往最後靠角依牆之處他自己的桌位踱過去。

經過陳莉蓮小姐的座位旁邊時，他極力試著隱去外表的尷尬，若無其事地向對方打招呼道早。陳小姐半出於知趣、半出於習慣，輕展櫻唇，也微微頷首給他回了個早。

他打開抽屜取出該辦的文件，望著陳小姐座位左邊那張空桌子，壓低聲調問：「莉蓮，不知這婆子今天又在跟老板耍什麼把戲？又無端端不來上班。她不來，我可慘了，老板一定加重我今天的工作份量！」

陳莉蓮學洋人縮縮脖子聳聳肩，做了個一無所知的表情。

「也不知咱們老板貪的是這洋婆子的哪一點好處？怎麼這般護著她？高興就來晃晃應個卯，要是不高興，臨時一通電話說生病或有事就不來，孟老板是個精明的吝嗇鬼，做什事都愛同人家殺價佔便宜，怎會……」

「杉木，他當然不會做蝕本生意的啦。」莉蓮探頭小心望望孟老板的辦公室，把聲音壓得比林杉木的還低，帶刺地說：「畢竟他已經把他的台灣籍妻子給拋棄了，現在想嚐嚐洋騷味哩，也不撒泡尿照照自己的尊容——對不起，這句說法，是我向你們台灣人學的——都五十了，還在夢想吃鮮嫩豆腐！」

「我看，大概不只這麼單純罷？」

「你說得不錯，我猜，極可能他有什麼把柄被這小妮子抓住也說不定。」莉蓮不停點頭說：「在這種情況之下，幾乎所有的工作都由你我分攤掉了，這小妮子等於光拿錢不作事，孟老板樣樣精打細算，連前幾天你不小心將收件人的名址貼條卡在那架十幾年都不換購的老爺打字機內，他都要對你大發雷霆，硬是叫你扛去你做辦公文具維修的朋友那兒要你請對方免費修理，眞是太過份了。」

「唉，瑞士景氣不好，現在已經是連續第三個年頭了，要是有辦法，我何必死留在這裡受氣受罪呢？尤其是中國人受中國人的剝削！妳一個星期才上三天班，情況可比我幸運得多了。」

十五年前，陳莉蓮只不過是個八歲大的小丫頭，像其他許多逃避共禍的船民一樣，隨著父母親由越南投奔大海，生與死只不過是命運的一體兩個面，她們一家，不但被活存的一面所眷顧，而且還極端幸運地被瑞士的人道救濟機構收容到這塊人間樂園來。

在瑞士洋人社會中受教育及成長的過程中，她依然還是在兩老的教養下，渾身保存著炎黃子孫特有的氣質。

兩年前，她辭去銀行的工作加入孟老板旅行社的行列，表現中規中矩，似乎還蠻討得孟老板的欣賞。只是她母親年事已高，自從兩年前老爸爸離開了這個人世之後，老媽媽也開始多病起來。莉蓮眼看相依的日子大概也不多了，於是便下定決心，寧願一週工作三天，將大部份的時間騰出來照料老母親。

別說是在西方，就是在台灣，這樣有孝心的女孩子今天已經不可多見。所以這也正是林杉木暗中喜歡莉蓮的原因。何況，她的樣子長得純純樸樸的，不胖不瘦的身材，散發一股充滿內在生命活力的氣息。

3

「你離開台灣已經有十一年了，難道一點都不思念你的家鄉？」北亞沉下臉，稍稍拉高語聲問漢瑞。

漢瑞眼睛直直盯著螢光幕，一語不發。

「現在你是自己開業，頂頭又沒有老板，想休假嘛，自行決定之後便隨時可走，」北亞仍不死心，溫柔柔軟綿綿地往她丈夫身上偎貼過去，展開纏功，換了副嬌媚的聲音說：「我的好老公，陪我回去你們台灣小住一年嘛，我好不容易終於完成了伯恩大學的學業，盼到今天，到台灣進修中文的夢也快要實現了。偏偏你沒興趣陪我去，留在這個死氣沉沉而又無聊的瑞士有什麼意思？」

「妳一個人去就好啦，我的兄弟姊妹們會把妳照顧得好好的。」漢瑞似乎有點過意不去，將北亞輕輕摟入懷裡，「明年春天，我會回趟台灣去看妳的。」

「我才不需要別人的照顧呢，」北亞倒在漢瑞懷中，風情萬種地望著他說：「我之所以要你陪我去，還有一層目的。」

漢瑞猛然把目光自電視機的方向拉回嬌妻身上。

「我想……，」北亞伸出柔荑輕撫丈夫的面腮，粗硬的短鬚給她刺扎扎的感覺。

「跟你在台灣，在具有傳統文化背景的華人世界裡，生個流有中國血液的小孩！」

漢瑞霍地一聲坐直了身：「天啊！妳沒說錯意思或者我沒聽錯話吧？我們有這時間、有養兒育女的能力嗎？」

「你什麼時候有過空？如果自己不下決心抽空，就是整天躺在床上你也會覺得抽不出半點空來！」北亞也坐直了身，聲音中那份迷人的嬌媚也隨著遠逸而去。

「不是我不想陪妳回台灣，」漢瑞聽出愛妻語中的不快，試著委婉解釋他的觀點：「第一，現在國內一片亂象，生活環境的污染，上下交爭利的貪婪之風已使政治與社會生態腐臭不堪，回去保證會愈看愈難過愈失望，不如待在海外來個眼不見為淨；第二，我在這兒的事業才剛剛起步，絲毫鬆散不得，否則台北的生活這麼貴，幾乎不輸瑞士，誰賺錢給妳進修中文過日子？」

「我可以教德文和法文啊。」

「妳以為台灣還同十年前那樣啊？外國人在那兒已經沒那麼好混了，他們也像我們中國人在妳們西歐一樣，須事先請准工作證才可以打工！」不知不覺地，漢瑞的聲音也跟著高亢了起來。

4

雖然今天這個星期五沒有巧逢十三號，而只是個十一號，但半天來的遭遇，似乎叫漢瑞有碰上了「黑色星期五」的感覺！

昨夜北亞獨自一個人先回伯恩的娘家，準備今天早上到大學圖書館去找些她寫文章所需的參考資料。碰巧漢瑞由十點半到下午兩點必須在伯恩市替一家瑞商與兩名台灣來的廠商當傳譯，討論一宗二手貨精密機器的買賣事宜。說起這筆生意，也是漢瑞一手仲介成功的。那兩名台商談完生意後，便直接搭火車往蘇黎世轉機飛維也納去了。

所以，今天早上漢瑞不在蘇黎世自己的家中進早餐，而到火車站附近一家新開張號稱新風格的咖啡小吃店，想藉機嚐嚐點新鮮的玩意。哪料到，不知是店裡的服務生眞的過於忙碌以致沒有注意他的存在，還是對方有種族岐視的心態，他在店裡坐了將近二十分鐘，就是沒人前來招呼理會他。到了第二十一分鐘，他終於忍無可忍，站起身來將椅子猛猛推向一邊，一語不發地寒著臉，拂袖而去。

坐在開往伯恩的頭等火車廂裡，他挑了個靠窗的兩人對面座位落身。原以爲九點零三分這班車很空，他大可單獨一個人臨窗而坐，利用七十二分鐘的車程，好好寫一篇介紹旅居瑞士鐵辛邦那位世界知名美籍推理女作家帕翠西雅．海史蜜斯的專文，以便寄給台北的《罪案月刊》雜誌發表。

誰知，臨開車前的一分鐘，卻上來了一位看來大約有七十好幾的老太太，前後左右一大片空位她老人家偏偏不去坐，硬是要跑到漢瑞的座位旁，與他面對面而坐。

瑞士人一向孤獨慣了，各方面的要求也很挑剔，譬如他們出門旅行搭車，除非實在不得已沒有完全的空座時，他們才會勉強和別人對分二人座或四人座的空位，否則，多半是一個人獨享清靜，絕不會主動放著好端端的大空位不坐，而硬跑到陌生人——尤其是外國人的座位去與人共坐。久而久之，受到這種環境的薰陶，漢瑞也情不自禁地愛上了這種獨坐獨樂的調調。說得也是，與陌生人面面相覷對坐，大眼瞪小眼的，可不難過？在台灣搭火車，能在陌生人座位旁搶到一邊靠背挨個幾小時，都覺得已經受到上天特別的厚愛了，還有機會讓你去挑三撿四的?!

老太太坐在他對面，倒叫他爲難了起來，因爲他實在不好意思當著對方的面，大口大口地痛快嚼食先前在火車站地下街買來那兩個香噴噴的奶油「垮鬆」，所以只好小心翼翼地一小片一小片從紙包中撕下送進口中。這種吃法，偷偷摸摸，可一點也不過癮。

「腮有吶吶空蚌蛙。」老太太突然向他「發難」，主動搭起腔來。

漢瑞連忙將口中的「垮鬆」嚥下，擠出個生澀的笑容，用德文回答對方：「對不起，我不是日本人。」

「啊哈，」老太太立刻見風轉舵，改口說：「泥猴嗎？」

居然是句半鹹不淡的廣東話。不待漢瑞有「申辯」的機會，老太太接著以德文問他：「我知道了，您是越南來的難民，怎麼樣，對瑞士還習慣罷？」

「我不是越南來的！我是中國人……」

「喔，」老太太像個老牌電影演員，滿是皺紋的臉上馬上現出一副不勝同情的模樣來，有如背誦台詞般地說：「我眞的替您難過，六四天安門的坦克壓過那麼多北京青年，把墨汁般的柏油馬路都染成像您們的國旗一般紅了……」

「夫人，」漢瑞耐著性子，一字一字清楚地向對方解釋：「我是台灣來的中國人，不是共產中國來的。」

「啊，台灣……蔣介石委員長！您們的鳳梨罐頭我最喜歡吃了……」

……

談完生意吃完飯，才下午兩點多鐘，漢瑞看看時間還早，便帶著北亞的護照到Effinger街附近的孟氏旅行社去代訂她明年初要到台灣的機票，並將護照交給對方代爲向伯恩的台灣辦事處申辦入境簽證。

旅行社的陳莉蓮是北亞兩個星期之前無意中在伯恩火車站認識的。由於北亞會說中文，又表示先生是台灣來的，她打算明年到台灣去進修中文，自然引起莉蓮對她的好奇與興趣，便這樣口頭約定，哪天她先生張漢瑞也一同下伯恩時，她願作東請她夫婦倆吃個飯，彼此認識一下。先前在家時，他便已經和北亞講妥，要約請莉蓮晚上六點鐘一起到伯恩火車站附近他港籍好友開的「北京樓」吃餐美味中國飯，然後搭八點四十五分的火車返蘇黎世。

漢瑞辦完所有的正事，看看錶，距離到大學圖書館去接北亞的時間還有兩個鐘頭，他一個人閒著沒事，便在伯恩市舊城區的大街小巷悠哉游哉地信步而逛。

伯恩雖然是瑞士的首都，卻沒有世界各國首都一般刻板的大城市形象，反之，整個市區的格局不大，古樸的歐陸傳統建築，一棟一棟完完整整地保留下來，從地勢較高的位置遠遠望去，到處一片酒紅色的屋頂，一落接著一落，彷如魚的鱗片，整個城市外觀看來就像是位風姿綽約的成熟貴婦，令人抗拒不了她的誘惑。

每列建築屋簷下的綿長騎樓，帶給了漢瑞一丁點家鄉的氣息，似乎拉近了他與台北的距離——在瑞士，好像除了義大利語邦的蘆佳諾或洛卡諾市之外，就只有伯恩才見得到這種在台灣處處可見的騎樓。只不過，台灣的騎樓總是被擠得密不透氣的人潮、各形各色的地攤小販，還有一輩子數也數不清的摩托車塞得滿滿脹脹，行人穿梭其中，有如通過層層地獄，不休克也可能會被擠脫一層皮來。

現在，漢瑞坐在瑞士聯邦大廈後院的一張長木椅上，放眼遠眺前方低窪處阿烈河環城汨汨彎繞流過的四周景色。他在消磨下午剩餘的時間，再過半個小時他就要去圖書館接北亞。

十二月中旬近傍晚的天色有些灰暗，但還好，沒刮風，也不下雪，更無寒意，看樣子今年瑞士人又得過一次沒有白雪的耶誕了。

忽然，他的注意力被他身旁一對正在嬉戲的母女吸引住。是位看起來約莫二十三、四歲的年輕媽媽，正逗著她那約有兩三歲大的小女兒玩。

漢瑞專注觀望的神情，似乎透露他此刻的內心世界正被這對親暱開心玩鬧的母女所攫佔。他忍不住對那可愛的瑞士小女孩裝出個鬼臉逗她笑。

但是，就在這一刻，小女孩哇地一聲哭將開來！原來是她蹦得太激烈，一個不小心跌了一跤，把白白嫩嫩的小手心給碰擦出鮮紅的血絲來了。

年輕媽媽連忙抱起小心肝，熟練地從她的手提袋中掏出一枚絆創膠，一邊對女兒的小手心輕輕吹氣，一邊撕開保護紙，將膠布貼在傷口上。

「喔喔，我的小乖乖，沒事沒事，媽媽給妳貼神奇紙，把痛痛給變不見……」

漢瑞看得一陣感動，不但忘了自己是個局外人，更是忘記自己是個黑髮黑眼的亞洲人，也情不自禁地隨聲附和對小女孩說：「小女孩乖乖！小女孩把痛痛變不見！」

那位年輕的媽媽好像沒有因爲漢瑞的「介入」而感到不快，反而露出一副得意的神色來。漢瑞更是毫不吝嗇地給對方一個極窩心的讚美：「您的小女兒很是乖巧可愛，我太太同您一樣是個瑞士人，最近我們曾討論生兒育女的問題，我對於生男或生女倒是沒什意見，只期盼小孩長大後，除了我的母語中文外，還能說所有的瑞士官方語言德、法、義語，並加上英文。」

5

林杉木望望前方牆壁上的電鐘，五點二十分，快要下班了，有點陰鬱的臉龐似乎慢慢浮現一抹輕鬆的輝彩來。他瞄了一眼陳莉蓮的座位，今天是星期二，她的位子當然是空的。收回略顯失望的目光，讓手腳更爲勤快地加速處理回覆客戶的每日例行工作——總不外是將護照或機票裝入信封、塡寫具有收據作用的掛號單等手續。

五點三十分，他將一疊備妥待寄的郵件裝入一只購物塑膠袋，像平日般一聲不響地「逃離」旅行社。說實在，他眞不願意每天虛情假意地跟老板及那瑞士籍的女同事莫妮卡打招呼說再見。

沒想到，打扮得妖妖豔豔像是要出場演電視劇的莫妮卡小姐扭著她的水蛇柳腰，高跟鞋一路「磕磕磕」地奔到他面前，遞給他一封剛剛打好的信件，說「Sam，也順便幫我寄掉這封信好嗎，謝啦！」

林杉木皺起了眉頭，沉著臉接下她遞過來的信，一語不發踏出旅行社大門以表示對她的不快。其實他早就想找個機會好好向她攤牌，希望她把公事與私事分個清楚，不要老把自己寄給私人朋友的信件也交由他代爲投寄。

「繕打收件人名址條、裝信封、上郵局交寄等，明明是莫妮卡份內的工作，卻也不知怎的，忽然變成了我的擔子。」有一次他實在是忍不住了，便這麼對莉蓮吐苦水。

「是啊，」莉蓮理解地順著他的語意說：「說來說去還不都是老板處處護著她，你的工作是到機場接機陪團、安排觀光客的食宿，有時與我配合，在瑞士的華人社會中推銷機票和旅遊節目，也夠忙的了，打字寄件的工作，老板講明是由莫妮卡負責的嘛。」

「但她現在總是除了打打信、接接電話之外，什麼都不做，就光會在電話中和外面的人窮聊天，連處理訂票或代客辦理申請簽證的工作也都推到妳我身上。」

三十五歲的林杉木，原來也是一名留學生，來瑞士已經有七年的歷史了。一九九〇年福來堡大學經濟系畢業之後，也像許多迷戀上這塊山明水秀桃花源的外國人一樣，於回國服務和留下來發展前途的矛盾中徬徨迷惘。

不是他不想回台灣去貢獻所學，只不過在各行各業中他並沒有深厚的人脈關係，找份理想的工作談何容易？留在這個號稱世界公園的瑞士闖天下，倒不失爲一條最好的出路。但，瑞士並不是個歡迎外國人前來移民的國家，外國人想留下來工作定居，簡直難如上青天。

總算托天之福，碰巧在伯恩有家瑞士貿易公司想拓展對台灣的工商貿易，而公司內一名港籍職員又正好在這個時候辭職另謀高就，林杉木看到事求人的廣告便立刻寫信去應徵，結果十分幸運地被這家公司錄用，並且透過公司強有力的關係運作，幫他從外事警察局及勞工局弄到了幾乎不可能到手的工作居留證。原已下定決心在公司好好學習並展現一番自己的實力，以便在瑞士開拓他光明的前程，卻意料不到自從一九九一年起，瑞士經濟開始連年不景氣，失業人口急遽暴增，達到二次世界大戰以來的最高峰，他服務的公司也遭波及，最後他便在各行各業一片裁員聲中，也於七月間被公司資遣回家吃老米飯了。

大概老天也不太想絕斷他的生路吧，就在他失業不到一個月之內，孟氏旅行社因爲與台灣旅遊團的生意做得極爲興旺，急需增加一名助理來處理業務，所以便輾轉透過朋友的介紹，聘用了林杉木。

不過孟老板也不是個十分大方的人物，他的精打細算，在僑界也頗爲出名。他聘用林杉木，用意當然是在利用對方走頭無路卻又極想繼續在瑞士待下去的心理弱點，一方面把工資壓得特低，同時卻不斷將各種雜務工作往他身上堆。孟老板似乎很了解「姜太公釣魚，願者上鉤」的道理，他與林杉木之間，應該是「一個願打一個願挨」，怨尤不得別人。

畢竟是旅居瑞士已逾二十年的老狐狸一隻了。孟老板就是愛欺侮這位和他同樣來自台灣的林老弟。慢慢地，林杉木朦朧中似乎有這麼一種感覺，只要孟老板心情不爽快，總會在他身上找點什麼細故來出出氣，而他心情不好的主要原因，林杉木的直覺告訴他，鐵是出在莫妮卡身上。

像今天中午，孟老板想約莫妮卡一道去吃午餐，蘑菇了大半天，她都沒答應，下午林杉木便被老板藉著上個星期他因名條貼紙捲塞在滾筒中因而弄壞了打字機的事，再度扳起黑臉來數說他做事心不在焉，馬馬虎虎。

「像你這樣子做事，」孟老板在他房間用台語訓斥林杉木：「怎有資格在瑞士這種講究高品質的國家混下去，我要是像你這麼飯桶，早就捲起鋪蓋回老家呷家邸了（吃自己）。」

「我也不是有意要把打字機弄壞，林杉木語帶委曲小心翼翼地回答：「如果由莫妮卡來做這件事，也許就什麼都不會發生了。」

「哦？不高興幹是吧？」孟老板的臉色像暴風雨即將來臨前的前奏，湧現一片陰霾。「你要是不願幹，請隨時走路好了。每天打電話到我這兒來求職的中國人多得很呢！」

說著，倏地自西裝口袋掏出一本瑞士護照來，在林杉木面前揮揚道：「這本紅底白十字護照，是我憑眞本事考來的，而不是靠與瑞士人結婚賣身換來的！沒有兩把刷子，怎能在瑞士開天闢地?!」

6

「妳稍等一下，北亞，讓我問問我的同事林先生。」陳莉蓮暫將電話聽筒擱在桌上，別過頭輕聲問林杉木：「上星期有位張漢瑞先生到旅行社來替他妻子訂購去台灣的機票，並將護照交由我們代辦入境簽證，是不是你經手處理的？」

「那天可能我出去辦事了，所以我沒有印象，不過郵件倒有可能是我經手寄的。」林杉木翻翻桌上一堆掛號單據，抽出其中一張來，遞到莉蓮面前說：「是不是叫張艾北亞的客戶？」

「正是。」

「十二月十日，也就是上個星期五妳收的件，對不對？」

「不錯。」

「我昨天以掛號信寄出去啦！看，這收據上還蓋有郵局十四日的收件戳記呢。」

莉蓮抓回聽筒，說：「我們昨天將妳的機票和護照以掛號信投郵了，照道理妳今天早上應該收到了才對。」莉蓮望望掛號收據上所填寫的收件人名址，問：「妳的地址是不是八〇三七蘇黎世寬石街××號？」

「完全正確，而且我也收到了。」北亞在話筒另一端的聲音很大很清楚，林杉木也聽得見。「不過我收到的，只是一枚除了裝有兩張白紙以外便什麼也沒有的空信封！是不是貴公司搞錯了？」

7

「對不起，史覓德先生，我們會去查明的，請您和您夫人再耐心等候個兩三天。」孟老板低聲下氣向客戶賠不是的模樣，和他端起架子來整林杉木冤枉的那副盛氣凌人，簡直判若兩人。

才一放下電話，先前彷彿是要透過聽筒傳給史覓德先生看而擠出來的一絲笑容，又被孟老板珍寶似的收藏了起來。他冷冷地把林杉木給喚進他的房間。

「我說你這個年輕人是怎麼搞的？」他直指著林杉木的鼻子，搖頭斥道：「居然在不到一週之內連連寄丟了兩封重要的掛號信，損失了三本護照和機票，看我們怎麼向客戶交代？你怎麼寄的？」

林杉木晃了晃頭，一臉茫茫不知所措的表情。

「哼，追起責任來，你是難逃其咎的。」

「我……我……都規規矩矩貼妥繕打正確的收件人名址條，每封信都經過郵局窗口的服務小姐秤過，並由她親自貼上郵票，同時也都用掛號信交寄的，怎可能出錯?!」

孟老板猛地拍桌怒聲說道：「看你成天到晚一張死人臉和心不在焉的模樣，遲早準會出事，如今果然不幸被我言中了，眞是stupido一個！」

林杉木不發一言地站在那兒，任由孟老板對他咆哮。

「還不趕快給我到郵局去查問個清楚?眞飯桶。如果你嫌這碗飯不好吃，就快快趁早交代一聲，然後想辦法到什麼地方去找碗軟飯來吃算了！」

林杉木退出孟老板的房間，回到自己的座位，對關切望著他向他使眼色的陳莉蓮做了個縮肩攤手的動作，然後抓起他先前已準備妥今天待寄的郵件，朝正在收拾東西的莫妮卡瞪了個厭惡的眼神，並向莉蓮揮揮手，便匆匆奪門而去。

8

「簡直太不像話了，你怎麼解釋？」孟老板揮舞著手中的文件，冷冷對林杉木說道：「郵局答覆我們申請查證的報告說，寄給史覓德夫婦及張艾北亞太太的掛號信，都由對方簽收無誤，但偏偏就是信封內空無一物！你說這是誰的責任？」

林杉木沉默不語。

「你以爲不說話就沒事啦？」

「是……應該是……郵局的責任。」林杉木結結巴巴回答。

「人家可都是有證有據地把信件給送到收件人手中的。」

「我也是有證有據地把信都封妥、名址繕打正確、在郵局窗口交寄簽收的！所以責任不應在我身上。」

孟老板的臉變得更爲陰黑了：「你還敢狡辯？八成是你在處理郵件時不小心，將護照與機票漏裝，或者極可能糊裡糊塗誤當廢紙丟棄掉；要不然便是……」孟老板閃爍著一對詭譎的小眼睛說下去：「你跟本就沒把那些東西裝入信封裡，而自行處理掉了！」

「總經理，你可別隨便誣賴好人吶，如果你對我有懷疑，咱們報警處理好了！」

「你胡說些什麼？」孟老板連忙喝止林杉木。「你以爲公司的信譽經得起這樣的喧騰嗎？讓大眾知道我們出了這種差錯，以後客戶還敢上門給我們生意做嗎？真是一點也不用大腦！」

快要下班的時候，孟老板召集全體工作人員，把當天所有該寄的信件統統攤在他的桌上，當著他的面，由他指揮分工合作——莫妮卡繕打收件人的名址貼條、陳莉蓮填寫掛號單，林杉木則無所事事地在旁觀看，孟老板最後親手將各個客戶的護照與機票分別裝入貼好名址條的信封中。上郵局交寄的工作仍然由林杉木負責。

臨出門之際，孟老板猛不防地喚住林杉木，要他把塑膠購物袋中的信件再抖出來讓他檢查一番。

「總經理臨檢吶。」林杉木似笑非笑說。

「四封掛號信、五封普通信，別再給我寄丟啦！」孟老板瞪了他一眼。

林杉木走出旅行社不到一分鐘，孟老板急急把莫妮卡召進他辦公室，以親切得有點肉麻的語調低聲說：「幫個忙罷，快跟我一道尾隨在Sam的身後，看他怎麼對待那些信件！之後，我請客吃中國飯。」

莫妮卡攤攤手皺皺額頭，做了個不置可否的表情。

他倆衝出辦公室，與林山木保持大約二十公尺的距離，沿著Hirschengraben大街走幾分鐘，來到Bubenbergplatz（男童山）廣場的大十字街口，如果穿過街口往前面繼續直行，大約二、三十公尺的地方有一座龐大的現代化購物大廈，其後頭便是伯恩郵政總局。

只見這時林杉木走進街口右轉朝往火車站方向不遠處的一家大書報攤內，好像要買什麼東西的樣子。不到三分鐘，又見他走出書報攤，手中多了一份伯恩印行的《聯邦日報》。他小心避開下班時間熙攘紛沓的車群和行人，跨過馬路，走到對街，往那兩棟一紅一藍併連的購物大樓後頭的郵局方向慢慢踱過去。

9

孟老板放下電話聽筒，一語不發地坐在那兒，兩眼直愣愣地盯著他房間的門口，不知在思索些什麼。

此刻，莫妮卡正在和人通電話，林杉木則與陳莉蓮在討論安排耶誕節如何出團到東南亞及台灣的細節。

「林杉木，你過來！」

聽到老板語意不善的大聲召喚，林杉木立刻中止與莉蓮的談話，同她交換了一個眼色，快步走向孟才發的辦公室。

「上個星期五你是怎麼寄的信？」

林杉木望著他老板，沒開口。

「別老是給我來裝蒜這一套。」孟老板高昂的語調和拍桌子的聲響，像是滾雷挾著閃電般激盪開來。「兩個星期之內居然連續發生了三個客戶四本護照失蹤的怪事！」

「又寄丟了？這回是誰呢？」林杉木用細小到不能再細小的聲音問。

「少給我裝糊塗了！剛才住在紅十字鎮的富來先生打電話說，今天他收到我們上星期五寄給他的掛號信，但是裡面沒有他應該收到的機票和辦妥到菲律賓去的簽證與護照！你好好給我解釋清楚，究竟在玩什麼把戲？」

「上星期五……總經理你不是當著大家的面親自將所有的掛號信件核對封裝後再由我帶到郵局交寄的嗎？」林杉木皺起額頭，以一副不解的模樣反問他老板。接著，他清清喉嚨說：「總經理，是不是認眞考慮請警方出面調查比較好？」

「你少胡說，」孟老板還是十分堅持他上週的觀點，「現在還不是報警的時機，萬一處理不當，整個公司的前途就完蛋了。」

「總經理，我希望您能早點把事情的眞相弄清楚，不然一天到晚大家疑神疑鬼的，很難辦事。既然郵局證明他們已將郵件無誤送到客戶手中，問題便可能出在咱們公司內，報警處理似有必要。不然，我建議孟總，從今天起，把上郵局寄信的工作重新指定給莫妮卡……」

「廢話，」孟才發打斷林杉木：「我就偏偏不信這個邪，今天再試一次，我親自同你一道上郵局！」

10

「漢瑞，明年二月我到台北，你說這兩件大衣我該不該帶？」北亞面對攤滿整個臥房亂糟糟的一大堆衣物，有一時不知如何下手之感。

漢瑞搖搖頭，幫嬌妻使勁合上塞得飽脹的一只大皮箱。「台灣二、三月間的氣候，除了陰雨之外，並不像這兒一般冷，沒有攜帶大衣的必要；同時，現在全世界不管什麼貨品都可以在台灣買得到，妳實在不需帶那麼多東西，只要多帶幾張瑞士法郎就夠了！」

「還有，我該送些什麼禮物給你的家人好呢？——現在都算是我的親戚了。再過三天便是耶誕節，明後天我們趁著上街去幫我爸媽買禮物的時候，也順便挑些給你的親人。」

「妳的護照和簽證失了蹤，到現在都還沒找到，我看妳去不成了。」

「你就是巴不得我去不成，好留下來陪你，」北亞笑著白了漢瑞一眼，改口學中國女孩子常愛用的口語說：「你好壞……」

這時，客廳的電話鈴忽然響起，北亞習慣性地先一步跑過去接。

「啊，莉蓮是妳呀……」

漢瑞在房間繼續幫北亞挑選她該攜帶到台灣去的衣物和用品，北亞和莉蓮在客廳講電話的內容斷斷續續地飄進來，他只聽出大概和旅行社這兩週來遺失客戶的文件有關。

大約二十分鐘之後，北亞回到臥房。

「莉蓮問候你，」她從衣櫥頂上取下另外一只大皮箱，用布揩揩堆積的灰塵，說：「她在電話裡詳細告訴了我這兩個星期以來，她們公司所發生三件掛號信寄丟內容的怪事，包括我的這一樁在內。」

北亞將她從莉蓮口中聽來的故事轉述一遍給漢瑞聽。

「聽她的語氣，好像孟老板懷疑你那位還未謀過面的國人林先生出的差錯。昨天孟老板親自押陣監督著林杉木上郵局交寄郵件，今天早上他一一打電話向各收件人查詢的結果，證實一件也沒有掉！」

「哦？」漢瑞停止手中的工作，興緻勃勃地聽北亞轉述故事。

「所以孟老板一口咬定，不是林杉木糊塗疏忽，便是他做了什麼手腳，今天下午他又當著大家的面，毫不客氣地訓了林先生一頓——你們台灣來的，火氣都這麼大的嗎？有時包括你這個好老公在內！」

「呵，這下我哪裡又對妳不住了啦？」

「沒有，沒有。」北亞輕輕在漢瑞的臉頰親了一下，道：「據說林先生氣得臉色發白，跑回座位猛摔文件，但又怕老板聽見，東西沒來得及摔完，便趕忙以乾咳聲來掩飾。他的處境也眞值得同情，當前經濟不景氣，工作難找嘛……」

「她怎麼知道這些事？今天是星期二，她不上班的，不是嗎？」

「我的好老公，你還眞細心到這個地步。」北亞輕輕搖頭道：「耶誕節就在眼前了，孟老板叫加半天班的。」

「妳的護照簽證和機票這樣無端端失了蹤，就白白算了？」

「當然不是。莉蓮在電話中告訴我，旅行社請沒有收到護照的客戶趕緊去辦理遺失登記以及申請補發新照的手續，費用先由旅行社代支，待查明責任歸屬之後，再做道理。」

「以前聽妳們說，這個孟老板苛吝成性，看不出他在這件事的處理上，倒是蠻大方的嘛。」

大概是想到再過一個多月便可以到她夢寐以求的台灣去進修中文，北亞的心情顯得特別愉快，嘴中輕鬆地哼著凱文柯斯納主演那部新版羅賓漢的主題曲「I do everything for you」，年輕的臉蛋泛現一股不知憂愁爲何物的灑脫。

「和妳們西方人比起來，我們中國人對於人生也的確是太過於嚴肅認眞了。」漢瑞有感而發。

「你說什麼？」

「沒什麼，」漢瑞調轉話頭：「我突然想起一件事，很有興趣知道，麻煩妳現在快去撥個電話給莉蓮，請她明天下了班之後，也暗地跟在林杉木的後頭，看看他上郵局的情形，同時也注意孟老板的舉止——這在我們中國話叫做**螳螂捕蟬黃雀在後**。」

北亞打完電話回到臥房，發現漢瑞已經整個人躺在床上，一動也不動。她趨身過去，關切地問：

「親愛的老公，你怎麼啦？」

沒料到，漢瑞卻猛地伸出雙臂，一把將北亞拉入懷裡，喃喃地說：「妳這隻小野獸，讓我們生個小後代吧……」

北亞被漢瑞的炙熱情燄烘煨得像塊緩緩軟化的巧克力糖，化作如同火山熔漿般的汁液，正一寸一寸地淋蝕著漢瑞與她自己的軀體。

然而，像是急遽降至的一場傾盆大雷雨，淋滅了這堆乾材與烈火。只見北亞泥鰍般地扭著掙脫出漢瑞的懷抱，一張紅通通的豔臉喘著氣說：「小孩，等到我倆同時人都在台灣再說罷！」

11

明天就是耶誕夜了，整個伯恩市大大小小的商店，尤其是百貨公司，竟還是出乎意料之外的人山人海，生意興隆，好像一點也沒受到經濟不景氣的影響。一年一度的大節日嘛，家家戶戶再辛苦也得充充門面撐一撐，傳統就是傳統，經濟的因素是鬥不過這一關的。有些公司行號或多或少地在陳列窗或大門進口的地方用精美的禮物紙包裝幾個廢棄的空盒子，以禮物的模樣權充過節應景的擺飾，讓節日快樂的氣氛飄揚整個工作場所。

孟氏旅行社內，卻和人家背道而馳。這可不是因爲中國人當老板的關係，而是，最近接二連三的事故，已教整個公司從上到下沒有半個人提得起勁來為營造節日的氣氛這件事費心。

上午，孟老板又接到一通客戶表示不滿的電話，他放下聽筒後，第一個動作便是馬上又把林杉木召進他辦公室，歇斯底里地兇了一頓，好像已有百分之百的把握判定是林杉木從中搞的鬼。

原來這回是一位住在比豔的台灣客戶，向旅行社訂購到馬來西亞的機票，並將護照寄交旅行社代辦入境簽證。昨天，林杉木也是以掛號郵件將辦好的文件連同機票寄到那名台灣客戶的家裡去，但是，對方也像其他前幾位客戶一般，收到的只是地址正確、郵資不缺的空信封！

下午，來了位一臉嚴肅的中年男子，他不是來訂機票的，在亮出服務證件之後，孟老板才緊張的會意過來，對方是伯恩市刑警局派來查探消息的刑警。

「最近我們接獲有關消息，發現瑞士境內已有三起冒名持用台灣護照入境販毒、非法居留打黑工、以及冒用刷卡簽帳的案件。」刑警劈頭先來一段「引子」，在孟老板房間外頭豎耳偷聽的幾個人面面相覷，一頭霧水的模樣。

「這……這和我們有什干係？」孟老板點了支煙問對方，聽得出來語中帶點緊張。

「請您告訴我，」刑警掏出記事本，繼續問道：「過去或最近貴公司所接待過的旅遊團中，有沒有發生團員護照遺失或被竊的事件？」

「沒、沒有！您問這做什麼？」

刑警沒理會孟老板，轉換了另外一道問題：「三個星期前，呃……也就是本月一日，有個叫做張衛紅的中國人在巴塞爾火車站被捕，您認不認識這個人？」

「不認識！」孟老板的回答聽起來斬釘截鐵。

「眞的不認識？」

「眞的不認識！」

「好罷，如果有什麼消息，請直接與我聯繫。」刑警道聲打攪並丟下他的名片。

林杉木等刑警離開旅行社後，躡手躡腳踏進孟老板的辦公室。孟老板瞪了他一眼，沒好氣地問：「什麼事？」

「不知總經理最近注意到國內報紙的報導沒有？」林杉木非常小聲地說：「報上登載，咱們台灣的國人出國觀光旅遊時，護照遺失或被偷的比例相當高，警方懷疑這和國際人蛇集團勾結有關……」

晚上，剛看完七點半鐘瑞士德語電視台的新聞及氣象之後，電話鈴便響起，漢瑞接聽，原來是陳莉蓮從伯恩打來要找北亞的。

「她上歌劇院去了，有什麼事嗎？」

「其實找你也一樣，我正想把昨天下了班跟在林杉木及我們老板後頭的情形告訴北亞，讓她轉告你聽。」

漢瑞不由自主地把貼在耳際的聽筒加把勁壓得更爲緊密。

陳莉蓮繼續說下去：「我照你的話暗暗跟在林杉木的身後，同時發現，孟老板也跟在他後面。」

「林先生在上郵局之前，又和前幾天一樣，先去書報攤買報紙了？」漢瑞認眞地問。

「不錯，他先在男童山廣場的書報攤買了一份報紙，然後——」莉蓮頓了一頓，才接著說：「這次他卻沒像平日一樣到郵政總局去寄信，而是多走一小段路，到火車站另一側對街的Bollwerk支局去寄。」

「信件也都在郵局窗口掛號登記了？」

「我想應該是吧！因爲我發現孟老板在杉木離開郵局櫃台後，匆忙跑過去問窗口的職員小姐，我在旁邊看見那小姐把剛剛杉木交寄的幾封掛號信的收件人名址查對了一遍，說完全和孟老板所問的幾個收件人地址一樣。只是，窗口的小姐基於隱私保密的理由，不願把那些信件遞交給孟老板查驗。」

「結果今天那位台灣客戶雖然收到掛號信，裡面卻少了護照和機票！」漢瑞自顧自地輕聲說道。

北亞回到家已經夜半十一點多，漢瑞信手關掉電視機，問她歌劇好不好看。北亞一臉滿意的模樣說：「好極了，可惜每次你都不陪我去。」

「噯，妳也知道我是對西洋歌劇沒興趣的，聽和看都不知其所云，就像妳始終不懂我們功夫片中的人物，爲什麼可以在空中飛來飛去地打鬥一般。」漢瑞知道沒有必要停留在這個題目上打轉，不然到最後，一定又是一場臉紅耳赤的爭辯。他刻意把話題引開：

「妳累了吧？明天我們還要下伯恩到妳爸媽家去過耶誕夜，咱們早點睡罷。」

「不，我不累。」北亞在漢瑞的唇上輕輕吻了一下，說：「我想沖杯咖啡喝喝，你要不要來杯熱牛奶？」

「要啊，要啊，」漢瑞大力點頭說：「再過兩個月就沒人泡給我喝了！」

「活該，誰叫你不陪我去台灣？如果你陪我去，我一定學東方女人一般，天天替你搥背！」

在餐桌喝熱飲時，漢瑞把陳莉蓮來電話的事告訴北亞。並故做神秘地說：「今年我想送妳一件比較特別的耶誕禮物，但如果時間來不及，就留待新年再送。」

北亞正想撕開奶精盒的錫箔薄蓋片，聽漢瑞這麼一說，立刻停下撕蓋的動作，不解中帶著好奇抬頭望向她丈夫。

漢瑞取過奶精，幫她撕開蓋子，說：「妳失蹤的護照、簽證和機票，我大概還有把握可以找得回來，當做耶誕禮物送給妳。」

「眞的？那太好啦！」聽得出北亞的聲音中有一股掩抑不住的欣悅。

「不過，現在妳得先和我玩一場『**象徵互動**』的問答遊戲。」

「好啊，眞有趣。」北亞溫柔地撫摸漢瑞的手說：「我的好老公，想必你又解破一個案謎罷？」

過去幾年間，漢瑞便是憑著他這套理論，解破了好幾件謀殺命案。漢瑞這套理論，北亞的理解是——人類在採取某項行動之前，往往會先對其所置身四周環境的事物例如語句、物件、行爲等「**象徵**」，根據自我的主觀意識、目的、意圖、及文化背景賦予某種定義或加以特別的詮釋，摸清其具有什麼意義，然後再對之採取反應行爲。

「**詮釋**」及「**賦予意義**」是這個理論的兩個中心概念。

北亞想起了一九八九年六月有一天她陪漢瑞南下比黜爲朋友解案時，在火車上所說的一段話來：「確定了在某一環境、某一氣氛之下的某項行爲、說辭、物件、遺跡等大致具有什麼意義並據之以採取對應行動之後，便可試與中國計謀學中某一計或某幾計的原理原則聯想在一塊，推出事件的眞相來！」

「林杉木每次單獨一個人前往郵局寄件時，都會出事，但只要有孟老板親自押陣，郵件內容便安然寄達收件人手中。」漢瑞啜了口熱牛奶，問北亞：「妳能試著從中歸納出或提煉出這個事象的主要『象徵』是什麼嗎？」

北亞皺起眉頭思索了半嚮，才慢慢回答：「依照你平日教我的原則，如果我沒歸納錯的話，箇中的『象徵』應該可以說成『林的行動是放單或沒放單』，對不對？」

「很好！」漢瑞同意她的歸納，接著問：「針對此一『象徵』，妳會賦予什麼意義？」

「放不放單，與郵件的是否安然寄達，顯然有某種關聯性。」北亞很快地說。但接著她卻又皺起眉頭來：「至於箇中的『意義』嘛……」

漢瑞見她遲疑地頓在那兒，便搶過她的話頭，以反問式的語句說：「是不是可以這麼講？——『絕對清場』乃爲『郵件內容失蹤』的必要條件！」

北亞點頭說：「那麼，在這種情況下，你據以採取的『互動反應』是什麼？」

「先聽聽妳的意見。」

「可以斷定林杉木的行跡可疑……」

「不要這麼快、這麼武斷，」漢瑞揮手制止她，說道：「我互動反應之下的推理程序應該是這樣的——不妨先假定郵局的人員清白，則問題可能出在旅行社之內。」

漢瑞見北亞沒有反駁他的意思，便繼續分析下去：「在出事的日子中，至少有兩次的紀錄顯示，林杉木於赴往郵局的路途上，曾先到附近的書報攤買報紙，這個事實，妳要如何以『象徵』來標示？」

「唔……由旅行社到書報攤，其間所有的信件尤其是掛號信件曾被孟老板親自檢查過。……由書報攤到郵局這一段，郵局的人員收了件並核對過掛號收據單與交寄信件上的姓名地址均無誤之後，便立刻加戳丟到一旁分類封袋，不可能有機會作弊或掉包。……唔……對了！」北亞興奮地大聲說道：「林杉木沒有一氣呵成地直接赴郵局！」

「真聰明，答對了，贈妳香吻一個！」漢瑞親了一下北亞，她高興得看起來如同一朵盛開爭豔的嬌花。

「所以我要給此一『象徵』下的『定義』是：毛病一定出在書報攤之內，也就是上書報攤本身所顯示的『意義』，不在『買書報』，而是『在製造作弊的機會』。」漢瑞滔滔解說他的推理邏輯：「現在我便要針對此一意義來做出我的回應動作了——我必須朝著『郵件可能是在此時此地被動了手腳』的方向去思考；也就是：在此境況之下，可能動什麼手腳？如何動？」

北亞有所期待地望著他，並不答腔。

漢瑞神采奕奕地說：「中國的古典計謀學『三十六計』，可以在幾千年之後的現代發揮它的神奇功能了。我的『互動』策略是，逐條翻閱三十六計的欺敵原理原則，從中去比照核對哪一條比較適合本案中的『向郵件動手腳方式』！」

他伸舌舔了舔錫箔蓋子上沾著的奶精，忽然有個模糊的影子在他眼前晃動，給他帶來一種莫明興奮的感覺。緊接著，不知何故，那天在伯恩聯邦大廈後園那對年輕母女嬉戲的景象也一下子陡地浮現在他面前。他心中一陣悸動，情不自禁地握起北亞的手說：「明年也許眞該和妳在台灣生個小娃娃抱抱！」

12

十二月二十四日下午三點鐘左右，耶誕前夕的節日氣氛已如同徐徐降籠的靄暮，步步欺向人間大地。除了百貨公司及超市之外，絕大多數的公司行號都循例提早一兩個小時下班，甚至有些較大方的老板，乾脆下午不上班提早放假，以讓員工爽爽快快地度個好節日。

伯恩火車站的地下層內，似乎一年三百六十五天永遠都被往往來來的行旅和一間接挨一間的小店烘托得那麼熱鬧。

漢瑞看看錶，四點一刻，他單獨約林杉木在火車站樓上這家咖啡廳已經晤談了十五分鐘。北亞則分頭在市區裡幫她爸媽和弟弟選購耶誕禮物，應該早就結束並和莉蓮在哪一家還未提早打烊的咖啡店內聊天。

漢瑞早在一個月前即已託請台灣的親人幫他選了些較特殊的禮品寄來，所以現在他不必怎麼費心便可應付今年耶誕送禮的「課題」。有時候，此一課題甚至會變成一個「大難題」，尤其在忙碌、時間有點緊迫的情況下，往往會令人急白了頭髮也想不出來該準備什麼禮物送給對方才好。所以這對漢瑞來說，是一年一度耗費心思的精神壓力，而不是該費多少金錢的物質問題。

林杉木是漢瑞今天早上自蘇黎世以電話約好下午四點鐘在火車站內會面半個小時的。同時他特意交代北亞也約莉蓮一道去逛市區，四點半再回到火車站碰首，然後一齊到岳父母家去過佳節。

雖然僅是彼此第一次正式見面認識，但從林杉木有條有理的談吐中，漢瑞已將對方理出一個具體的形象來，覺得對方是個十分清楚自己人生目標定位在哪裡的人。

漢瑞向林杉木說了許多久仰的客套話，並表示最近聽說孟氏旅行社發生了一連串包括他妻子護照在內的寄失郵件怪事之後，便突兀地當著林杉木的面掏出一張五百元面額的瑞士大鈔，開門見山地切入正題說：

「咱們來玩齣遊戲好不好？——我現在將這張大鈔裝入這枚寫有貴公司地址的信封內，收件人也寫明是你本人，然後我填好掛號單，打算待會兒五點鐘時親自攜到郵政總局的加班窗口以掛號信件交寄……」

他盯著滿臉狐疑的林杉木，繼續說道：「如果這張五百元瑞士大鈔能安全寄達你手中，便屬你所有，你可以坦然無愧地收下！」

漢瑞的話還沒說完，發現林杉木沉穩的臉色似乎已被他自己本身一雙縮縮閃閃的眼神搞得有點惶惶不安。

「你……這是什麼意思？」

「沒什麼，不過一個小遊戲罷了。」漢瑞若無其事地微笑著說。

「對不起，今天是過節，我得告辭了，很高興認識你，希望下次有機會再向老前輩你多多請教。」林杉木瞧瞧手錶，把頭轉到侍者出沒的方向，一副想召來搶先付帳的樣子。

「林先生，先別急，帳由我來付，頂多再耽擱你五分鐘的時間。」漢瑞揮手制住欲起身付帳的林杉木，說：「中國俗話有云『窮寇莫追』和『得饒人處且饒人』。你給孟老板幾次教訓出了口怨氣也就算啦，犯不著趕盡殺絕的。大家都同樣是台灣來的嘛……」

「張先生，很對不起，我實在不懂你在說些什麼！我眞的該走了。」

這時漢瑞突然很快地將一枚不知什麼時候便已握在手中的假鬍子往自己上唇一貼，一臉滑稽相地對林杉木說：「你看看我現在這個樣子，是不是變得和先前有所不同？」

林杉木像塊被煎得透熟的年糕，整個人軟綿綿地攤在椅子上。

「你聽過中國傳統計謀學中的『**移花接木**』和三十六計中的第二十五計『**偷樑換柱**』兩計嗎？這兩者的原理，都在利用人類感官及覺知上的錯覺，來達到外形不變而內容大異的目的！」

13

一九九三年的最後一天。

今天的氣氛也和一個星期前的耶誕前夕一樣，充滿了過節的歡愉。不過，今年的耶誕和除夕新年，都碰巧撞在星期六和星期天，依照瑞士勞工界的規定，星期一並不補假，所以受薪階級只好自嘆倒霉認了，或者以請幾天搭橋休假的方式，來度個耶誕連接新年的長假。

當然，今天這個除夕也是和上個星期五的耶誕夜一樣，上班與開市都到下午四點鐘；郵局雖然在上午十一點就早早先關了門，但郵件還是照平日一般，大約十點半鐘左右就送達家家戶戶的信箱中。

「孟總經理，這是您的信。」莉蓮將郵差送來的郵件加以分類，挑出其中一件脹得鼓鼓的普通信，交到孟老板的辦公室去。

本來，處理收信及分件的工作是該由莫妮卡負責的，但孟老板准她連請兩週的搭橋假，所以這項工作便落到莉蓮的頭上。

「眞偏心，而且專會欺負咱們自己中國人，你我要一口氣請這麼長的休假，他從來就沒有爽快准過的，說什麼別學她們洋人那麼斤斤計較自己的權益……」莉蓮終於也忍不住要輕聲在林杉木面前嘀咕兩句了。

「啊，這到底是怎麼一回事？」忽然傳來孟老板大大的驚呼聲。

莉蓮和林杉木聞聲趕忙湊進他的辦公室。

只見桌上擺著莉蓮剛剛交過那只已被他拆開口的厚信封，紅紅綠綠的幾本護照和機票也在那兒攤成一堆。

「你們說，這究竟是什麼回事？前兩週寄失的文件，現在居然完璧歸趙了，好生生地一件也不少！」孟老板訝異的神情似乎在告訴兩人，他有點不敢相信眼前的事實。

「誰搞的惡作劇？」他望望站在他面前的兩個人，再抓起桌上的信封，仔細兩面地反覆研究檢查。

信封上貼的是兩百五十至五百公克重量範圍內的普通信郵資，收件人孟才發的名址係用打字機直接打在信封上面，但並無寄件人的名址，所以根本看不出是誰投寄的。

從郵戳上的日期可以判斷，這封信是十二月三十日，也就是昨天才投的郵。雖然郵戳也說明了是伯恩市某支局收的件，但是，由於並不是以掛號交寄，故根本無法查出寄件人是誰。

有張小紙條掉落在孟老板桌腳下，莉蓮眼尖，彎腰拾了起來，放回老板的桌上。

這時她已飛快地瞥見紙片上面用德文繕打的一行字句：Gutes wird mit Gutem vergolten, Boesses mit Bösem（善有善報惡有惡報）。

「孟總，我建議把這包文件連同信封送請警方處理，至少請他們檢驗一下裡面有無可疑的指紋！」林杉木認眞地向他老板建議。

「算了，算了！」孟老板搖搖頭有氣無力地說：「這些文件能奇蹟式地失而復得，已經是謝天謝地的了，還管他那麼多是誰在同我玩這幕遊戲呢？何況，本公司的聲譽也的確是經不起大肆張揚！」說完，看看錶，像是在內心做了個一生迄今爲止最重大的決定，對著莉蓮和林杉木宣布：

「今天是除夕，看樣子下午大概也不會再有什麼客人上門來了，待會兒杉木把這些文件寄還給原主之後，下午由我一個人來看辦公室好了，你們不必來上班了！」

14

「妳可得看眞切了，」漢瑞把兩枚信封攤在北亞面前，像老師教學生勞作似地仔細講解道：「這一封，上面所貼的地址名條，收件人寫明是妳，而裡面裝的也是妳的護照和簽證，我要封口啦——不，還是由妳自己來封吧！」

北亞照著漢瑞的指示，親自將眼前那封被漢瑞當做實驗用的信給封了口。

「哪，這是塡好妳爲收件人的掛號收據，妳看看有沒有什麼不對勁的地方？」

北亞留意檢查一遍，發現一切都無異樣，也就是說，這封掛號信拿到郵局去，交給窗口，繳了郵資，讓服務的小姐替交寄人貼了郵票、加蓋郵戳並在掛號單上簽字加戳之後，理論上第二天便可安然無誤地傳遞到收件人手中，信封中的物件，也應該不會短少才對。

「現在妳看看上面的收件人姓名地址是什麼？」漢瑞指著第二枚信封問北亞。

「米勒進出口有限公司，伯恩市××街××號。」

「請妳也將它封起口來！」

「就這樣子封起來？」北亞遲疑地問：「裡面空空的，什麼東西也沒有？」

「是啊！」漢瑞笑著對北亞說：「如果妳願意的話，頂多加一小疊白紙吧。」

北亞照著漢瑞的話，完成上述的手續之後，只見他又神秘兮兮地摸出兩枚事先繕打好備用的名址貼條來，撕下其中一張，往先前那封打算以掛號寄給北亞的信封對準上面的地址名條，貼蓋了下去。

「現在妳再看看，收件人是誰？」像是一名魔術師面對著一群興緻濃厚的現場觀眾，漢瑞信心十足地問。

北亞目光掃向信封，很快驚呼出聲。「啊，林杉木Lyss鎮××路十九號……我明白了，原來詭計是這麼的簡單，這封掛號信就這麼被改頭換面以普通信件的面目改寄到林杉木的家去了！」

「而那封原本該寄給米勒進出口有限公司的普通信函——我想，其內容應該是放些孟氏旅行社的旅遊廣告單之類的宣傳品——現在被我加貼上這張打有蘇黎世寬石路××號張艾北亞收的名址條之後，拿到郵局改用掛號信函交寄的結果，便是身為客戶的妳收到了空無一物或僅有一疊白紙的掛號信！妳說，這是不是合乎『**移花接木**』及三十六計當中第二十五計『**偷樑換柱**』的原理？也就是說，絲毫不改變事物或事象的外表，神不知鬼不覺地把實質的內容給做了手腳。」

北亞幫漢瑞剝了顆橘子，凝視著眼前的兩枚信封，有點不解地問：「你依照『象徵互動理論』推理出信件可能在林杉木赴郵局途中被動了調包的手腳。但是，你憑著哪一點下結論，想到在名條貼紙上動手腳的詭計？」

「想跟妳生個小娃娃的衝動啊！」漢瑞詭笑著打趣說。

「啐，少跟我惡作劇啦。」

「我是和妳說正經的。」漢瑞抓起橘子，分了一瓣給愛妻，說道：「那天我在伯恩看見那年輕的媽媽給她小女兒貼絆創藥膠，還有前幾天幫妳撕奶精盒小蓋子那個撕的動作與意念，都直接刺激了我在『移花接木』及『偷樑換柱』架構下產生推理的聯想。」

「林杉木為什麼要換郵局寄信呢？難道他有預感孟老板會跟在後面去調查？」

「不錯，他是個謹慎的聰明人，他已準確地假設到了這一點。何況孟老板多疑的突檢之舉，也給了林杉木戒心。」

北亞又習慣性地往漢瑞身上偎過去，以此來表達她對他的深情款款。「Henry，你也快去訂張機票，跟我到台灣去吧！咱們在那兒生個貝比……」

漢瑞一把摟起北亞，狡滑而俏皮地說：「先在瑞士撒種，再到台灣開花結果，怎麼樣？」

「啐，哪有這麼便宜的事……」北亞輕輕推開丈夫的祿山之爪，滑不溜丟地一閃便閃得旋風般的快速消失於客廳。

【全文完】

〈郵差總是不按鈴〉後記

〈郵差總是不按鈴〉發表於一九九四年十一月號台北的《推理雜誌》。

犯罪推理小說，不一定非要「篇篇見血」不可。犯罪心路歷程的析述，構成一樁犯罪事件背後的社會因子以及人際互動脈絡之解剖，若能運用人文關懷的故事情節將之串織起來，再加入偵探小說的邏輯推理與演繹過程，也一樣是具有足以引爆緊張能量之可讀性效果的。

本篇作品的主角依然是張漢瑞，是他面對一件非流血案件發揮機智解破眞相的故事。筆者把「張漢瑞犯罪推理小說系列」的創作分成兩個層面來書寫：一是走本格解謎的路線，對於謀殺案件及邏輯推理的情節著墨較濃，我私底下稱之爲**「正經」**（歸類於「推理小說」的範疇，例如長篇**〈推理之旅〉**和**〈命案的版本〉**，中篇如**〈生死線上〉**以及**〈眞理在選擇它的敵人〉**等）；另一是採張漢瑞捲入某樁犯罪事件並藉他與事件中的相關人物互動而點出他個人的生活背景與情境，採的是懸疑或驚悚式的寫法，嚴密的邏輯演繹較爲淡化，但讀者可以從中多瞭解一點系列主角的心理狀態，我名之爲**「外傳」**（例如短篇**〈異類的接觸〉**、**〈生命的點滴〉**和**〈蠢女人〉**、中篇如本作**〈郵差總是不按

鈴〉等，在歸類上是屬於「犯罪小說」的範疇〉。

如此，兩者在構成「張漢瑞系列」時，便能互輔相成，交叉匯疊出一個整體的形象來。

洗錢大獨家

Money
laundering

作者按：姑妄言之姑聽之，瓜豆棚下話詭思。本作「蠢」屬虛構，如有與事實雷同或近似之處，乃為不幸天意，絕非作者所願，謹此預作鄭重聲明。

二〇〇八年一月二十三日星期三，Anti green bandit的網路嘴炮戰爭（一）

剛剛從新聞網頁的回應討論欄離線，和那幫綠狗文痞打了一個多小時的筆仗，不，二〇〇八年一月這個當下，已經不作興叫「打筆仗」了，網上最流行的說法是「打嘴炮」，心情還有點沉耽在亢奮狀態中，因爲他覺得自己的說理逼人，用語辛辣，已把對方罵了個狗血淋頭。尤其在他敲鍵之下把對方那幾個連名帶姓都「污名化」兼消遣了一番的音義相扣用詞，像什麼「裝狗茸」、「洩至痿」、「賭正盛」（或「毒症盛」）、「綠龜頭」（他給綠林賊幫那王八頭子所取的代號）等等，讓他有如配著麻辣小菜大口大口猛灌勁涼透頂的台灣啤酒那般痛快過癮。這一時刻，他才眞正憑良心體會到所謂「台灣本土文化特質」帶給人的那種感受——爽。若以摻雜了日本味的台語來說，便是「起毛至」。

Anti green bandit小心翼翼退出網路，關了電腦，揉揉被螢光幕映累了的雙眼，關機之前所顯示的時間——二〇〇八年一月四日十六時二十四分——還映存於眼睛裡面那片黑幕上。

靈魂的本色

這個世界不管在什麼地方，總都偶而會聽到靈魂出竅這麼一說。

如果眼前這具屍體也有靈魂的話，那麼，它跑出屍體之後，會不會自問，身上的膚色是不是也和倒臥在地這具屍首的顏色一樣——除了那灘遇害剎那間由肚子潺潺流出的鮮紅色血水之外——是黑色的？

陳屍現場已被警方圍封起來，標準的照典操作模式。幾部警車的藍色警示燈還在暗夜裡囂張地一閃一亮。

「受害人後腦被疑似棒子的鈍器擊傷，不支倒地之後，施暴者再趨前俯身給對方的肚子補上致命的兩刀。」驗屍官剝下又薄又緊的橡皮手套，用下巴指著地上的死者說：「沒有打鬥掙扎的跡象，極可能是蓄意殺人案件。」

蘇黎世邦警察局刑警大隊下轄的市刑事組刑警悠麗雅．魏德模一語不發瞥視身邊的刑一組組長魯夜笛．阿荷曼，靜靜等著看他怎麼表示意見。

「他媽的，瑞士國會和內閣大選才剛剛結束，歧視外國人尤其有色人種的議題應該早褪了熱才對……」

「是啊，四大黨當中，右派國民黨以三成的相對多數贏得這一屆國會大選，成爲席次最多的第一大黨，炒作外國人議題的高溫已慢慢冷卻下來，眼前這件黑膚非洲人被殺的案件……」，悠麗雅像是附和身旁的刑警同事，喃喃說道，卻沒把話說完，若有所期待地望望刑事組長。

「表面看來有點像極右幫派光頭黨幹的好事。」阿荷曼組長以食指橫在鼻子底下，由左向右一抹，說：「以類似球棒的鈍器行兇，觸發我往這方面的聯想」

非洲司長的煩惱

給人有點侷促見狹的三樓公寓裡，一頭銀髮把長得瘦瘦黑黑的裴大銘裴司長整個人襯托得黑白分明。他面對電視機，緊鎖的眉頭底下那對眼睛盯著螢光幕，隨著鏡頭裡藍綠兩張名嘴所代表兩種顏色四處橫飛的口沫而閃爍不定。那些所謂的名嘴，口沫再怎麼會噴，幸虧此刻也噴不到電視機前的他。

倒是客廳牆上掛著一方七彩鮮豔的大幅粗布塊，以一股透著純樸粗獷的原始氣息凝視著這位看起來有點開始進入人生初老之境的裴司長。那是他兩年前調離中西非某國回部出任非洲司司長時，當地一位友台政要贈送給他的非洲土產手工藝紀念品。

他妻子琇蕙自廚房走出來，手裡端著一杯剛泡好的茶，送上小几之後順手抓起遙控器把電視頻道給轉往另外一個台。

「這些鬼打架的有什麼好看？吵死人了，我們這幫藍綠政客的水準，說難聽一點，大概和非洲人只是五十步笑百步之差。在台灣呀，什麼黨都一樣，爭來奪去，還不是爲了權力、爲了錢財、爲了虛名？你以爲這批政客是爲了百姓的死活啊?!」

裴司長丟下一句：「說話小心點，避免帶有種族歧視聯想的語意」，便起身拎起茶杯往小書房走過去。那原是小兒子住用的，現在送他到美國唸書去了，空著正好讓他用。進了書房，他看看腕錶，已經九點一刻了，稍稍猶豫了一下，拿起電話分機聽筒，撥了個號碼。

他一聽對方的話筒被人拿起，便直接說話：「喂——是清泉嗎？我，裴大銘啊。小趙，方便說話嗎？」

「哦、哦，是司長，」一個女人的聲音自話筒傳出來：「清泉剛回到家不久，正在吃飯呢。沒關係，司長您稍候，我去叫他。」

「不……」

沒待裴大銘把話說完，小趙的老婆張菁玟便放下電話跑過去叫正在用餐的清泉。

「小趙，不好意思，讓你加班加到這麼晚才回到家。其實，若眞的趕不完，明天再辛苦一點也沒關係的。」裴大銘知道自己這一番開場白都是瞎蹭的廢話，但他不得不睜著眼睛瞎說一通。誰不知道白天部長交代下來的任務是個攸關著國家體面的大事，也直接切入台灣當下這場在野奪權、在朝保權的大選戰。畢竟在生死存亡的緊要關頭，大老總又要「師父出馬」，親自走出去拼外交了……！

「報告司長，基本上我和科裡的黑色大陸老鳥江宏亮還有剛從南非調回來的小黑炮阿酒哥三個臭皮匠都卯足精力下功夫，分頭把這次出訪Y國的行動計畫搞定了，明早司座一進辦公室我們當面向您作簡報，然後，您再詳細修改一下便可以呈報部長了。」

「你們辛苦啦。」裴司長一副如釋重擔的表情。他壓低聲音問：「這次動用了幾個關係？中途加油停留的細節也很重要，千萬不能再有一丁點的閃失。不然，部長可不好跟國安會作交代喔……。去年那齣幾十個小時的空中飛人鬧劇，可不准再重演！」

「Y國的×××議員是他們總統的小舅子，現在幫著他姐夫助選連任，整個情勢研判下來，與叛軍暗中支持的反撲勢力維持著五五波勝算的拉距戰。現任政府需要我們提供財力支援。不然，他們就會去找我們對岸的老冤家談更高的價碼……」

錢達任和汪郁莉

汪郁莉把頭偎在錢達任寬厚結實的肩膀上，長長的黑髮斜向一邊，狀若瀑布般地直直瀉落。

「這可以幫你把眼睛睜得更雪亮，還喜歡嗎？」她把聲音放得嬌嬌，同時用手替他把架在鼻樑上的新眼鏡扶得更正些。

「喜歡，喜歡，妳這個小精靈，不怕我對其他的美眉瞄得更仔細、更清晰？」

「哼，你儘量去瞄你的好了，就是知道你喜歡這樣，才送這副眼鏡給你當聖誕節禮物呀。」

「謝謝，我的小莉莉，」錢達任右臂繞過郁莉下垂的秀髮和脖子，把她後頸往自己的臉龐一攬，順勢與她親了個吻。之後，他說：「我還得習慣試著戴一陣子才行。這種遠視加近視合在一起的Progress鏡片，方便是方便，但，總覺得沒有我現在使用多年的近視遠視分得一清二楚的兩副眼鏡來得舒服。」

「說起舒服，你每次看遠看近都要換眼鏡，麻煩死了，身上攜著兩副眼鏡多不方便呀！我送你這副二合一的遠近視兩用眼鏡，又省事又帥氣！」

「是，是，我的大小姐，老哥這就聽妳的話。」錢達任眨眨眼，忍住心頭想伸手去取回小茶几上那副近視眼鏡的衝動。

「唔，你戴我這副新眼鏡好看，至少年輕十歲。」汪郁莉站起身來，正面對著錢達任，伸出兩手按著達任的雙肩，做了個品頭論足的姿態說；「完全看不出來像個五十五歲的人，就像個三十出頭的帥哥，與我的年紀正相配。」

「唷，妳這個小狐狸真會灌迷湯，走走，晚上請妳出去吃飯，妳不要辛苦做飯了，這次喜歡義大利菜還是法國館子？」

「火車站靠郵局那家小中國館子的菜蠻地道，尤其那燒鴨和鐵板牛肉特別與眾不同，很久沒去光顧這家了，這次妹妹嘴饞，就上那兒去吧。」

二○○八年二月二十七日星期三，Anti green bandit的網路嘴炮戰爭（二）

「#五二

三十二樓的綠狗賊，如果改不了吃路邊野屎的賤習慣，就改吃綠龜頭或洩到常停板的綠屎渣好了，營養咧！　Anti green bandit」

「#五三

我幹你Anti green bandit，藍血動物中國走狗，爛英文還敢在這裡亂噴，那個他，——媽的，根本就是個GGYY的偽君子，幫中國人打壓我們台灣人。　幹藍」

「#五四

藍賊現在不但一黨獨大，而且快要像大陸的共匪一樣搞一黨專政了。台灣人，你們還等什麼？快把票投給愛鄉土的台灣人阿廷兄啦，不要再被蔣匪的遺孽綁架了！　Kill blue dogs」

「#五五

綠賊黨都是吃人不吐骨頭的惡魔，是黑幫貪腐共犯集團，吃盡台灣人的肉，吸乾台灣人民的血。凡愛惜台灣這座寶島的人，都要揭竿起義，用選票來推翻民驚黨，讓政黨二次輪替，給台灣一個喘息復甦的機會。　Anti green bandit」

「＃五八

料斃阿洩，別在那裡堪ㄊㄨㄚ懶趴檔了，快快從實招認十大工程弊案的來龍去脈再說。還有，貶貪國務機要費的黑材料也得爆一爆，你有哉調爆藍營的綠卡機密，當然更有本事爆綠龜頭的料，台灣人民會感激你的。

肅貪」

「＃六○

我也要爆料——綠龜頭和他整個貪腐共犯集團在國外的黑錢存底資料馬上便會見光啦……，台灣同胞，請拭目以待吧！

Anti green bandit」

台北環球日報的資深記者

劉颱浪望著旅館小房間那只手拉行李箱，訝異於自己離開台北之前他女友李雅萍怎有本事幫他把那麼多的衣服和雜物塞進小小的容積裡。若不是現在這些東西一件件攤撒得整個房間到處都是，他眞不相信竟然會有這麼多、這麼雜。而，他隨身攜帶的手提電腦還不包括在內哩。

下了飛機住進蘇黎世老城區這家三星級的小旅館已經兩天了。是雅萍大學的一位死黨同學周智雨臨時幫忙找的，便宜，位於市區，出入交通方便。周智雨畢業後在台北一家外商公司上班，不到兩年，便被前來接洽商務的瑞士客戶給「擄走」遠嫁到瑞士了，從此，台灣又少了一名能幹的美女。

本來雅萍也很想跟著颱浪一起來瑞士走走，她建議去看看智雨和瑞士老公所成的新家，也和智雨電話及電郵聯繫過。智雨很高興回說，老公的生意做得很成功，住所蠻寬大，有客房可以接待老同學和男友來渡假。可是雅萍的興奮卻馬上被她服務的國際演藝仲介公司給澆下一盆冷水——派她即刻跟總經理到日本與中國大陸跑一趟，接洽兩單重要的公演生意。

「我們改天再一起去瑞士看智雨吧，」他安慰雅萍說：「公務及事業比較重要，先把自己在公司裡的地位給確立了，錢賺得夠多夠花，我們才有選擇、支配自己人生的自主權。何況，我這趟奉派前往瑞士出差採訪、蒐集特別報導資料，性質和已往有點不太一樣。等妳我都忙過這一陣子，再來籌劃夏天一起請休假到歐洲玩個痛快……」

「嗯，好罷。那麼你也不必跟智雨見外，就在她家住幾天吧。」

「我覺得不是很方便，」劉颱浪說：「我這次蒐集報導資料的範圍比較廣而雜，行動和時間不易掌握，住在她家會添麻煩。妳就託她代我在城裡找間簡單便宜的小客棧就行了——暫時先訂個三晚吧，自三月四日到六日，預定七日退房離開瑞士飛回台北。如果臨時有必要多住，我再自行延長。」

「唷，我的老帥哥，想擺脫監軍，在外地無拘無束尋訪奇花異草是嗎？」雅萍促狹地調侃劉颱浪。

「怎會、怎會？野花哪有家花香喲！」劉颱浪一把抄起雅萍的細柳腰。

二〇〇八年三月三日星期一，Anti green bandi的網路嘴炮戰爭（三）

「#六九 to #五五：

我不同意Blue wish老兄的說法認為綠龜頭姿態變低、氣燄沒前幾個月那麼囂張了。他是老神在在，另有圖謀，早已做好東山再起的打算啦！

Anti green bandit」

「#七〇

願聞其詳。

Blue wish」

「#八〇 to #七〇

其一：他在高雄買豪宅是有用意的。萬一這回綠賊黨全部選輸了，他可以把高雄的住處當作南據造反的山寨，繼續鼓動南部那些腦殘的蠢綠民天天上街頭或包遊覽車北上鬧事，以綠衛兵串聯武鬥的方式搞自己的獨立王國，以此當作要挾藍營政府談判的本錢，鬧到當局無法定他任內貪腐的罪衍。那些南部的愚民基本上還是會死忠於他、心甘情願聽他煽動為他流血賣命的。必要時，他會趁機搞南台灣獨立，自成一國。

其二：只要他嘴巴裡喊著爽，騙騙選票而不真的把台獨付諸行動，背後的黑老大——美國人——是不會讓他倒下來的，他們會繼續豢養著這條看門狗，培植反統的勢力來對抗中國。

所以，在台灣維持著一股與藍營抗衡的勢力，是有必要的。這傢伙比那姓洩的在行，他可以取代老李的領導地位。名聲固然已經大臭，但美國這個黑幫老大會協助他擦屁股。他在海外的黑錢多得富可敵國，絕對有造反復出再起的資本！　　Anti green bandit」

「＃八一

幹，樓上的藍狗，少在這兒亂吠，學學李昌鈺拿出證據來讓證據說話，否則閉你的臭狗嘴！　　Anti blue bandit」

「＃八二

騎著驢子看唱本——等著瞧吧！　　Anti green bandit」

「＃八三

喂喂，請Anti green bandit、Anti blue bandit、Blue wish、Kill blue dogs各位大大用中文或台灣話署名好不好？蚯蚓文字ㄌㄢ跨咩順啦！　　台華郎」

「＃八五

那個白賊七的臭嘴又在噴臭口水了，說什麼總統是國家元首而不是行政首長，總統是三軍統帥、對外代表國家而已，真正最高的行政機關是行政院，最高的行政首長是行政院長，不是總統。我幹他××的，這八年來他不正一直是大總統兼攬行政院長的實權麼?!幹，禍國殃民的貪腐綠賊頭，八年被他鴨霸換了六個行政院長！　　討綠賤賊」

「#一〇〇

南投北投，愛台走公投，獨立全為台灣民族！這句話讚啦，外省人第二代就是要有這種認同台灣本土的勇氣才是人！

愛台享用」

「#一〇一

幹，#一〇〇你這種愛台方式最無三小路用，只會『婆』貪腐法西斯的懶趴。那個外省種的假台灣本土狗現在已經過氣啦，是隻過街人人喊打的鼠輩，他那句惡心的公投口號，已經沒人理會了，你老兄還在這裡提，騙肖ㄝ！

無路用」

「#一〇二

南投北投，愛台走公投，獨立全為台灣民族！

賊頭龜頭，賣台掛羊頭，保權踐踏台灣民主！

Anti green bandit」

礦砂進口報關

財政部基隆關稅局。

進口報關稽查員張峻成把所有的附件資料連同發給外交部駐瑞士代表處經濟組的公函都整理妥當，再從頭到尾仔細檢查了一遍，更正了其中兩處筆誤，這才放心地把整個委託駐外單位協助調查的案子連同附件共三頁利用傳眞發送出去。

是件台北××五金股份有限公司自非洲進口礦砂的報關案，與一般的進口報關程序應該沒有兩樣的進口報關案子。

但張峻成眼尖，覺得這批貨的報價依照當前國際一般的平均價格來看，似乎有點超乎常情的偏高，而且出口商是瑞士蘇黎世的Universal Metalle AG公司，報關單上記載的是瑞士產品，但出貨的原產地是非洲的Y國。到底是瑞士商在非洲Y國投資設廠生產的呢？還是僅爲一宗轉口貿易？也就是說，瑞士接單、非洲Y國出貨？這已經不是第一次引起他注意了。所以他有心而且很負責地辦了個公文洽請駐瑞士的單位協助查一查，究竟該批貨是不是眞的瑞士出產的貨品？其最終的正式出貨報價每公噸單價應該是多少美元？希望能取得Universal Metalle AG公司原始出口報關單據的影本，以便對照台北進口商向基隆海關申報的報關單內容是否一致，或者有塗改僞造的可能性存在？

然而公文發出去已經三個多星期了，一直沒有收到駐外單位的回覆。

於是他再辦一次文，重新附上與該案有關的文件，繼續向對方洽催協助。

在傳眞機一陣長長的尖嘯之後，顯示已把資訊送出去的確認紙頁作茲茲聲地徐徐自機器跑出。張峻成心頭期待能查出一點端倪來。直覺告訴他說，這宗進口案極可能有問題——本來一般進口弊案多是高價低報，以逃漏關稅稅金，所以會僞造或塗改報關單上的數字。現在他面對的這件進口報關案，卻好像有點反其道而行：以偏高的價格報關。

好奇心引起他想瞭解一下這究竟是怎麼回事。若查出破綻來，發現其背後涉及逃稅漏稅不法行爲，依規定他還可以獲得一筆緝私有功的獎金哩。

他考進來吃這行飯才不過三年，還保持著年輕人特有的理想和幹勁，沒有墮落成一隻在工作上以推拖拉鬼混態度來腐蝕人生的江湖老鳥。至少是還沒有。

大老闆的軍師

「我幹」，台灣朝野都公認爲號稱大老闆身邊最富謀略的軍師老戰友裘一忍滿臉不屑的表情當著一票幹部的面輕罵了一口，旋即恢復氣定神閒的姿態，說：「人，是經濟取向的動物，人性是脆弱的，西瓜偎大邊是永恆不變的鐵律！只要我們勒緊公務員的褲帶，讓他們體認出反抗便是意味著沒頭路、回家吃家邸，他們便不敢不依從了——台灣的公務員上自各部會的部長下至機關的工友，都愛財兼怕死，說句不便對外公開講的話，連法院和檢察官都得聽我們的，還怕這些小公務員不聽話?!」

「大老總，全黨都靠你的金頭腦在打這場選戰、拼永續經營喔。套套外省仔中國黨躺在大溪那具殭屍三十幾年前所說過的一句話，本黨現在正處於『生死存亡之秋，退此一步，即無死所』，一切都要靠大老總你神機妙算，扭轉乾坤啦……」

「所以說，我們更應團結，生死與共。阿廷仔就是愛扯皮，愛跟我們鬧，但是我們該忍氣吞聲就要忍著，千萬不要和他們那幫人馬一般見識。我們這個黨的執政權若能鞏固延續下去，那是最好，至少大老闆的案子在他下台之後不致會被繼續炒下去，大家都有保命安享後福的機會。若不幸阿廷選上，之後爲了要討好群眾與咱們翻臉搞打落水狗這一套，那麼，我們也不是好惹的，有種的他就試試看，高捷等案子的把柄就是我們的保命符。還有，那個姓李的兩面老番癲，再不知死活地和我們亂，他過去那些軍購案的黑材料我們也可以拿出來爆，大家同歸於盡。你們聽說過兩車對撞的賭命理論沒有？……」

他那張五十出頭的臉，保養得還算過得去，看起來沒有實際年齡那樣老，給人一種和善的印象。但是，嘴上那絲讓人乍看之下覺得親切的微笑，經過幾分鐘的沉澱之後，往往會給人一種像是面對著一潭肅靜而深不見底的湖水，有股說不出來寒森森的感覺。

手機音樂響起。室內的三個人有兩人的手不約而同往自己的口袋裡伸。

「喂……，哈，是老兄你呀！正在等你的電話哩……」裘一忍將手機貼近左耳，匆匆壓低聲音說：「你打我辦公室桌上的固定電話機，有保密裝置，不怕被竊聽。大老闆任內最後一次出訪非州的企劃案整個都搞定了，是嗎？好好，你馬上親自過來一趟，我們當面談。」

把手機放回口袋，裘一忍像是自顧自也像是對著房間裡的另外兩個人說道：「根據新聞局近來所蒐集分析的資訊顯示：當下全球各地主要文字及電子傳媒都只有一頭熱地爭相報導中國的政治、經濟與社會發展情形，根本就沒興趣來理解我們台灣的現況，除非台灣和阿共仔之間發生直接面對面的衝突或和談等比較不尋常的事件，他們才會報導台灣。此外，國安局所蒐析的資訊指出，歐美日還是強烈支持我們搞台獨的作爲，以便保持一分力量用來制衡老共。所以，我們可以放心大幹一場，在選戰中強力突顯抗中反美的戲份，只要我們在法理急獨和暗獨之間交互上演這齣戲碼，老美還是會配合我們扮扮白臉或黑臉，狗民黨是得不到國際力量支持的。」

外交部長踏進袤一忍辦公室的那一刻，只聽見大軍師正用自信滿滿的語氣說：「……所以，這次本黨能不能繼續執政，已經不是很重要的問題了。大老闆離開穩坐了八年的位子，我們更應精誠團結，爲將來的好日子多盡一分心力！各位兄弟一定要對兄弟在下有信心……」

駐瑞士代表處【三月四日星期二，劉颱浪抵瑞第一天下午】

一大早飛機飛抵蘇黎世，他自機場搭乘計程車進了旅館之後倒頭便睡到過午，很快把時差給調整了過來。下午他按照在台北準備好的資料，搭火車跑了一趟伯恩，循址登門拜訪外交部駐瑞士代表處。

駐瑞士的人員給他的印象蠻不錯，沒有一般想像中那樣在言談之間多多少少總是帶著幾分驕矜和一副拒人於千里之外的姿態。大概和這個擁有被世界公認爲人間天堂美譽的環境與氣氛足以影響人的氣質有關吧？……。

不過，他也在和出面接待的一位秘書層級外交人員交談過程中，體會對方那份職業性反應上的謹言愼行。

雙方一陣禮貌性的寒暄過後，他刻意以輕描淡寫的語氣問那位看來最多不過三十出頭的年輕經貿外交官：「請問，不知貴處是如何處理基隆海關委託你們洽查瑞士Universal Matalle AG進出口公司的案子？那家瑞商公司已有回音了嗎？他們是怎麼樣的一個說法？」

「對不起，請問劉先生是怎麼知道有這麼一件案子存在的？爲什麼要向我們查證呢？」這位駐外人員立刻起了職業上的警覺之心，他儘量保持微笑反問劉颱浪。

「不諱言直接告訴你吧：我在蒐集資料寫一篇有關我國海關查獲進出口報關作業情況的專題報導，看看到底是外國商人比較老實守法還是咱們台灣商人？」劉颱浪也試著設法儘量鬆懈對方的戒心，把問題給問得輕描淡寫。他接著解釋說：「至於我這消息的來源，基於保護報社業務機密的原則，我暫時無法透露。」

「我們很願意在能力所及範圍之內給國內出來的僑胞提供任何急難與必要協助，這是我們的職責，不過——」那位秘書頓了一頓，接著問：「劉先生你這一問題，也和你們報社保護業務機密一樣，著實讓我們爲難。因爲，公家辦事有公家辦事的規定與程序，你所說的這件案子，我們沒有國內任何一個單位或機構的授權或來公文明確指示，實在不便對你說到底有無這麼一回事，或這個案子辦得怎麼樣了。倒是你怎麼會與這個案子沾上邊的呢？」

「OK，我了解你的立場。」劉颱浪似乎不願爲難對方，緊盯這個問題不放，便順勢把話題丟到一邊去了。他見對方似有放下心中一塊大石的鬆脫感模樣，便拋出另外一個問題：「不知方不方便向貴處打聽一位台灣旅居此間的僑胞？」

「有關僑務、學務或領務的事，我建議你直接請教我們樓下外交部的同事。不過，你要打聽的僑胞姓啥叫什名字？是男還是女？如果我多知道一點這人的背景，也許可以幫你找到他。」

「這人姓錢，名達任——達成任務的達任，大約五十歲左右。」

「錢達任？」那名秘書推推往下滑落的近視眼鏡，思索了一下，喃喃自語地唸道：「錢達任……」

劉颱浪默不出聲地盯著那名秘書。

「對不起，沒這個人的印象。請問，他是從事什麼行業的？什麼時候到瑞士來？記憶所及，在我參加這幾年僑界所辦的各種活動中，從來沒見過或聽說過有這麼一個人物。你還是請教樓下外交部的同事比較有希望。」

「他是學IT資訊科技的，現在應該在做生意，不是進出口便是幫人做金融投資理財，我們十幾年前有過聯繫，後來失聯了……」

劉颱浪前一段的話說得沒錯，後半段則是他爲了想查求答案而瞎編的說詞。

「你可以向台北的戶籍單位查證呀。」

「查過了，戶籍記載是十五年前出國，向他親友探詢，他們也不知他眞正的下落，只有他一位老同學說，據聞好像三年前由德國跑到瑞士來了……」

結果，外交部負責辦理僑務的秘書也和樓上經濟組的秘書一樣，在代表處現有的資料當中找不到有這麼一位台僑的記錄。

劉颷浪由伯恩搭乘十七點零二分一路不停靠的直達快車回到蘇黎世火車總站時，差兩分鐘就十八時。他覺得瑞士的火車蠻舒適，也準時，只是票價太貴了，就拿他買的這段二等來回票來說，往返兩個小時的距離，要九十二瑞郎，哇，大約要折合新台幣二千七百七十元，貴死人了！聽說花個一百五十瑞郎買張一年有效的半價證，則在瑞士境內任何時間搭配著買車票及公車票、遊湖的船票等等都可以享受半價優待。

只是，他這次到瑞士來採訪寫獨家專題報導，預計停留的時間頂多不會超過一個星期，他覺得不值得辦這麼一張半價證。

他的小旅館距離火車站走路大約還不到十分鐘的腳程，很是近便。晚上六時是這個城市的下班尖峰時間，走出火車站大門，眼前盡是一片車水馬龍和行色匆匆流動於街頭的行人。

這個城市給他的感覺是美麗而有氣質，尤其橫在眼前的那條麗馬特河，與巴黎市的塞納河比起來，相對顯得小巧玲瓏而秀氣，令他不由自主想起了此刻也和他一樣風塵僕僕於東京及北京出差的雅萍來。如果，他們兩個人不為工作而是在這兒純渡假，找家情調幽雅的飯店，讓侍者在餐桌上點起蠟燭，叫兩客精緻美味的好菜，再開一瓶香醇的葡萄紅酒，慢慢吃慢慢喝慢慢聊，然後一起沿著這條河漫步於夜色織出的羅曼蒂克之中，那該有多醉人……

他眞的特別想念雅萍，就這時刻。

於是掏出手機，按下她的號碼。

但是響了半天對方沒接聽。關機後他猛然以指節敲了敲自己的腦袋，苦笑了出來。不管是在東京或者北京，現在正是過了午夜的凌晨一點時分啊！

不行，得集中精神辦事！走進旅館的小前廳，心裡猛向自己的綺夢喊停，一切都得先把這次出差的任務完成再說。他向櫃台取了鑰匙進了房間，脫下西裝換上休閒裝和一件酒紅色的羊毛衫，加披一件夾克，便走出房間。

到了電梯口，忽然想起一件事來，於是又折回房間。他打開旅行箱，取出一只紅顏色上面印有×××商標的手提禮物袋來，同時抓起床頭的房間電話機。

撥過號碼等了大約有十幾秒鐘後，傳來對方接聽的聲音。

「嗨，智雨，是我，颱浪，剛從伯恩回到蘇黎世的旅館，現在正準備出去吃晚飯。離開台北之前雅萍託我幫妳帶一盒妳最喜歡的台灣香腸，白天我腦子被一團工作細節纏繞得糊塗不堪，加上剛下飛機，忘了把禮品給妳帶上，我這就先給妳送上門，然後再去吃飯。……不、不，別麻煩，我不打擾妳們家吃飯，這是臨時串門子，我也不敢擔保自己往後這幾天是不是還有時間把東西交給妳。等下次我和雅萍來渡假時再找妳跟妳老公一起出來玩吧。哦，對了，還記得我離開台北之前曾打電話問過妳的那位台商錢達任嗎？」

「怎麼樣？你今天在代表處那兒打聽出什麼端倪來了嗎？」

「沒有，這個人好像不存在於瑞士似的。可是我手頭的資料明明說他人住在蘇黎世的呀……」

「颺浪，我看你還是別見外了，就上我家來隨便吃吃順便聊一聊吧，你真的忙成這個樣子嗎？我老公人很隨和的，你千萬別見外，也許，我還可以試試幫你打聽這位姓錢的台灣人。總之，你來我家見了面再說吧……」

劉颺浪自知再堅持下去便矯情了，心想，也好，也許智雨眞能幫上他的忙也說不定。同時他腦海裡閃現一個主意來，他想到智雨那位尚未謀過面的老公。

Universal Metalle AG【三月五日星期三，劉颺浪抵瑞第二天上午】

劉颺浪吃過旅館簡單的歐式早餐，把第二杯尚有餘溫的咖啡喝完，便回房整裝，並打理了一下出門辦事該隨身攜帶的物品——筆記型電腦一台和那架輕巧得有如手機般的掌上秀珍型Lumix牌照相機；當然還有手機，那也是幹記者最重要的配備之一。

來到蘇黎世住進這家小旅店已經是第二天了，多虧他平日忙雖忙，但從來不忽視運動和健身，更是注重營養與攝生，所以雖然已經接近不惑的關頭，體力依然呈巔峰狀態，和二十來歲的年輕小伙子不分上下，總覺得現在的年輕人多半好逸惡勞，養尊處優，老愛躲在網路的虛擬世界裡消耗自己的青春。他憑著自己這份健康的本錢，經常國內外飛來飛去做專題採訪，時差的困擾對他來說，還不成什麼問題。

離開旅館之前，他算了算時間，是台北的下午四點鐘，報社正是忙碌的時刻。他利用房間的電話機按下打給總經理的號碼。

「趙總，是我——小劉，事情到目前還沒有什麼眉目，不過我有信心和法子可以挖到所需要的資料。如果眞能在三．二一之前成了全球的大獨家，咱就要準備紅得發紫更發黑了！我會隨時跟你保持聯繫的。」

他放下電話，輕咬嘴唇，綻放一絲頗有自信的微笑。

也難怪他會擁有這份自信。大學剛畢業的那一年，服完兵役之後，他覺得進調查局當調查員應該是個能滿足自己一窺那機構向來給予外界一種神秘感的願望，且更會是一份既刺激而又多采多姿的職業。觀賞好萊塢的警匪驚悚動作電影和閱讀坊間翻譯的犯罪推理小說是他打高中開始便喜歡的嗜好，對於情治人員蒐集資料和辦案行動，一向充滿著幻想與景仰。

考上調查局受完訓正式開始幹這份活的頭兩年，覺得還蠻有新鮮感，値得學習的東西眞不少，對於自己的日常生活也非常實用。可是兩年下來，他內心開始萌生不想幹下去的念頭。主要是嫌這份差事刺激是夠刺激，但不知什麼時候才有希望一鳴驚人爬上獨當一面的機會。倒是他猛然發現大學所學的本科新聞才是他覺得足以發揮允文允武特質的本行，他相信這年頭還是筆桿子要比槍桿子更富打擊力。所以，在他學會調查業務的本事之後便毅然決然辭職不幹，轉回所學的老本行進入台北這家資本雄厚專走社會及政治內幕報導的《環球日報》幹起專業記者來。這家報紙，同時也是以社會名人的八卦新聞讓讀者一邊臭罵一邊愛讀而出名。

這些年來憑著他在調查局所學會跟監與挖情報蒐集資料的專業技能，倒也幫他成就了幾件轟動過好一陣子的獨家內幕新聞報導。

他的名氣在這一行的道上，說好聽一點，是王牌名記者，說難聽些，有人暗地封稱他是「狗仔大隊長」。

* * *

他走出旅館大門，按照昨晚在周雨智家他老公友漢內思（Johannes）指點的地址信步往蘇黎世火車站的方向蹓過去。來到距離火車站大約還有四、五分鐘腳程一個熱鬧的電車交匯中心點，按照Johannes的說法那一站叫作Central，中文叫中央站，顯然是各型公共交通工具由各個方向駛經此處的交匯點。他掏出換來的瑞士硬幣投入自動售票機買了張電車票。不久，七路電車隆隆聲駛過來。他跳上車，一路坐了大約有十幾站，來到一處看樣子顯然已經不算市區中心的地方，向路過的行人打探他要找的路名，信步走不到十分鐘便來到一棟看起來有點老舊像是公寓住宅的建築物面前。他掏出記事本對照了一下門牌的號碼，再仔細瞧瞧大門入口處所標示的各層用戶姓名，確定就是他所要找的地址後，便按響Universal Metalle AG公司的門鈴。

大約三十秒鐘過去了，沒有反應。他再按了一下，又等了大約半分鐘還是沒人回應。於是他再按，這次顧不得禮貌，他按得既頻繁、手指停留在按鈕上的時間又長。

還是沒有任何反應。

他倒退兩步，抬頭往三樓的方向放眼睇視，心裡有點後悔沒先打個電話約一約來訪的事。但，這原也是他計劃好的一部份，想來個闖關上門，給對方出奇不意。

正想再按一次門鈴，這時進口的大門猛然呀地一聲打開了，有個西裝畢挺的年輕人拎著個公事包走出來。

劉飇浪立刻用英語問對方：「請問，您是不是這棟樓的住戶或使用戶？三樓是不是一家叫作Universal Metalle AG的進出口公司？」

那年輕人露出一副訝異的表情打量著眼前這名亞洲人。劉飇浪覺得對方的眼神有點怪異。

年輕人揚了一揚手中的汽車鑰匙，以下顎指指建築物的上方，也操著英文回他話說：「噢，您要找Wabeributi先生？沒錯，這是他公司，人也住在裡頭。可是，五天前的晚上他在離這區不遠處的蘇黎世湖畔一個黑暗角落裡被人殺害了，您沒看報紙嗎？……」

瑞士大觀報【三月五日星期三，劉颻浪抵瑞第二天上午】

劉颻浪帶著滿懷的狐疑搭電車循原路回到市中心區，在閱兵廣場站下車。這一區是蘇黎世最繁華最熱鬧的地段，四周的建築都不是現代式的，樓層也不高，看樣子每一棟平均頂多不會超過四、五層。他知道這是瑞士政府特意保存古老傳統文化氣息而立法限建措施所使然。古時蘇黎世這些老房子和眼前的相比照，外形上的差距應該不會很大吧，他心裡這麼想。時間並不一定會把天地間所有的事物都一筆勾消掉。

在滿街華麗與充滿個性的商業櫥窗前面與熙來攘往的行人之間穿梭而過，他心頭想，若是摟著雅萍的腰在這兒一家挨一家地瀏覽，她一定開心死了。可是，他細看了展示在櫥窗裡那些精美商品的標價之後，心裡不禁驚呼出來——我的媽，這種價格誰消費得起？陪雅萍逛這條街？我不是白癡活得不耐煩想自殺吧！

大約十五分鐘之後，他來到一座比較算是現代化一點的新式大樓面前，望了望亮麗且又頗富氣派的大門進口處，那個擦得光鮮晃亮的大金屬牌子刻著Schweizer Grosse Rundschau（瑞士大觀報）的一排德文字。

他拉起衣袖口看看錶：九點五十分，兀自輕點了一下頭便舉步走進建築的大門廳，往接待的詢問服務台踱過去。

漢中酒樓【三月五日星期三，劉颷浪抵瑞第二天中午】

昨晚在智雨家吃飯時，劉颷浪問她老公友漢內思兩個問題：一個是，當前瑞士規模最大、最有名氣、挖內幕消息效率最好的媒體是哪一家？友漢內思啜了一口紅酒，不加思索脫口而說：「這要看你想找德語區的或是法語區、義大利語區的？——別忘了瑞士有三個語區哩。若是德語區，則非蘇黎世的《瑞士大觀報》（Schweizer Grosse Rundschau）莫屬！你想看社會新聞或獨家內幕，買這份大眾化、用語淺顯走消遣通俗路線的日報準沒錯。」

劉颷浪的另一個問題是：「蘇黎世哪家中餐館生意最好、人氣最旺？」

友漢內思還沒接腔，智雨便搶著說：「我覺得火車站旁總郵局斜對面的漢中酒樓便是你說的那樣。聽說是瑞士人投資當老闆，主廚是個蘇州人，在香港待了二十年後被挖到蘇黎世來，粵菜及江浙菜都同時做得棒！」

此外，他還央請友漢內思設法提供一個重要的聯絡地址，他有事要洽辦。友漢內思聽了他的請求，先是一臉的疑愕，最後他也沒多問便爽快地應諾上網幫他找找看。

就這樣，劉颷浪在《瑞士大觀報》逗留了足足兩個小時之後出了報社大樓，再次看看手錶，十二時零五分，肚子是有點餓了。他朝向計畫中的第二個目標邁步，按照報社先前指點他沿著市刑警局前面那條路走了大約不到十分鐘，便來到了智雨所推薦的這家中菜館。其實，他請教智雨的目並不一定是爲了吃，而是……，就像他要打聽哪一家蘇黎世報社挖內幕消息效率最好的考量是一樣的。

除了漢中酒樓之外，劉颸浪又請智雨另外介紹兩家可能比較多華人會光顧的中餐館。現在他先來到正好順著路的這一家碰碰運氣，另兩家則看他走訪這一家的情形如何，再作決定是否逐一造訪。

* * *

踏進這家漢中酒樓，果然讓劉颸浪馬上感覺到門庭若市的那股鼎旺人氣。他心想，可能是除了廚藝之外，這個飯館地近火車站，中午時分四周的上班族和學生都來光顧物美價廉的客飯，既省時也方便，更是好吃。花大同小異的價錢吃一客漢堡或西式簡餐，味道總比不上同是簡餐的中國菜。

他是少數幾位眞正照著 **à la cart menu** 菜單點叫的客人之一。在琳瑯滿目的各式菜色當中游移不定之際，心裡禁不住嘀咕，好貴的價錢啊，一盤豉椒大明蝦換算成新台幣竟然要一千元出頭，即便是一碗雞絲冬菇湯也要兩百三十元台幣！瑞士的高物價生活水準果眞名不虛傳。

但他不動聲色，氣定神閒地點了一個湯、一道豉椒大明蝦、一碗白飯、一盤清炒豆芽外加一瓶瑞士國產的啤酒。

忙得像蝴蝶穿梭於百花叢中的女侍者是位眉清目秀的亞洲女孩，從接受他點菜的口音裡，他猜對方可能來自東南亞。

「小姐，能請問妳是什麼地方來的嗎？」

女侍一邊記下他點叫的菜名與號碼，一邊客氣地回答：「馬來西亞。先生您呢？我猜，台灣來的是吧?!」

「呀，小姐您眞厲害，怎知我是台灣來的？」

「聽您說話的口音還有舉止動作，就是像台灣來的，我也說不出來爲什麼就有這樣直接的感覺。」

「可能與您們這飯店也經常有台灣客人光顧有關吧……？」

「偶而會有幾位……」她還沒把話給講完，那頭有一桌的客人在招手喊她。

「對不起，您點完了是嗎？還有沒有其他的要求？」她客氣地問劉颷浪。

「沒有了，謝謝。」

女侍者也丟下一句「謝謝」便飛快奔向另外一桌客人那兒去接受買單。

「您挺忙碌的。」她再度從他桌旁走過時，劉颷浪笑著對她說。

菜陸續端上桌後，他慢條斯理地享受他的午餐，吃到差不多快近一點半鐘時，又點了一杯咖啡。

他覺得這個時候整個餐館先前那股熱鬧吵噪的氣氛已經慢慢沉淡了下來，以眼角掃視了一下四周，估計大概只剩下三、四桌的客人，都像他一樣單獨來用餐的。透過他眼光銳利的觀察，發現這幾桌都是點叫當日客飯或簡餐的客人。現在，應是餐館中午生意接近尾聲、準備暫時關門休息至傍晚的時刻了。不管是廚房裡或是外堂，工作人員也明顯沒先前那麼的忙嗆。

結帳時，劉颰浪刻意給了那位小姐十瑞郎小費，小姐大概打從在這家餐館工作以來首次收到客人那麼大方的賞錢，高興得一張櫻桃小嘴差點合不攏來。

他離座時，輕描淡寫地問：「您們這兒，過去有沒有一位叫作錢達任的台灣客人來吃過飯？」小姐輕輕皺起眉頭，好像在思索。她說：「我不知道。我們這裡來來往往的華裔客人很多，我都沒機會能親自認識他們。」

「有沒有老是同樣一個華人比較經常來吃飯的？不管他是單人或是跟朋友來？」

「有是有，但我不知道是不是您想打聽的同一個人。請問，這人是您的朋友嗎？有沒有他的照片或什麼的？」

「哦，這……」劉颰浪倒是被問得愣住了。正在思索著怎麼回答才比較適恰的當兒，那女侍繼續往下說：「要不要我幫您問問老闆？——您說那位客人朋友姓錢？台灣來的？」

「如果方便的話，就麻煩您幫我問一下吧。您們的飯店應該會有一些華人經常來光顧，老闆的消息也可能比較靈通，先謝謝費神了。」

女侍者一骨碌跑到餐館樓上。不到五分鐘她又出現在劉颰浪的面前。

「這位先生，很抱歉，我們老闆也說他不知道您提的這位朋友。」

「沒關係，謝謝您。對了——」劉颼浪邊說邊掏出皮夾子，從裡面抽出一張名片來，用筆在上面寫下幾個英文字，遞給那位小姐說：「這樣好了，這是我的名片，我是台灣來的記者，錢先生是我失去聯繫多年的好朋友，我這次來瑞士採訪，想順便找到這位朋友跟他敘敘舊。如果您有任何關於他的消息，麻煩您跟我聯繫，不管是電話、傳真或E-Mail傳到我台北的報社，或趁我這幾天還在瑞士的時候請打電話到我旅店也可以。」

* * *

劉颼浪走出漢中酒樓，踏著塡飽肚子的腳步晃蕩於瑞士三月初春蘇黎世火車站前面那條熱鬧的街頭。天空一片青藍，暖暖的天氣，沒有想像中歐洲三月那種春寒料峭的感覺。他連連打了幾個飽嗝，好像有股倦意湧上眼皮，於是作了個決定——先到百貨公司選購一樣帶回台北送給雅萍的小禮物，然後回旅館小憩一番，並把這兩天所探聽到手的資料作個初步的整理。然後，晚上便和今早在《瑞士大觀報》與女記者莫妮卡約妥的一家瑞士餐館吃飯，就雙方所談的事情再作進一步的意見交流。

哪料到，他一進旅館的前廳向櫃台索取房間鑰匙的時候，櫃台值勤的小姐順便交給他一張小紙條說：「大約一個小時之前有位姓Lim的小姐打過電話找您，請您回電話，這是她的號碼。」

他看完字條，望了一望櫃台小姐身後牆壁上的掛鐘，道了聲謝便急忙捨電梯奔上二樓的房間，撇下手中的東西，飛快抓起床頭的電話依著紙條上的手機號碼撥動鍵號。

蘇黎世市刑警大隊刑事組

「您等一等。」詢問櫃台那位女服務人員本以爲劉颷浪是來報什麼重大刑案的，但聽他以英文說明來意之後，先以猶疑的眼神望了望他一眼，接著便以公事化的語氣要他稍候，同時按下電話機的內線，與市刑事局的內部嘰哩咕嚕講了半天。她的年紀在劉颷浪眼中估計大約四十出頭。但劉颷浪卻又在心中對自己說，西方人的外表看起來往往要比實際的年齡要大出五到十歲左右，咱們亞洲人則正好與他們相反。

他在一旁坐滿了人的椅子上靜靜等候。

十分鐘之後，終於自裡面眾多房間的一間走出一位女士來。

「Mr. Liu?」

劉颷浪立刻起身迎向對方，以英語回答：「是的，我就是。」

他眼前那位女士身材高挑，比一米七二的劉颷浪幾乎高出一個頭來，他暗忖對方莫約有一百八十公分高吧。她長得叫劉颷浪看著覺得入眼，也就是雖然不算美女型的女性，但屬於有韻味有個性的那一類。她後腦紮了個大馬尾，頭髮是棗褐色的，穿著一條藍色牛仔褲，上身套了一件羊毛衫，顯現一副健美的身材，在前腰間的皮帶下別著一枚員工識別證。她看看錶，又望望劉颱浪，眼神充滿一絲看不出是好奇還是期待的信息，說：「您找我是爲了什麼事？」

「有關昨晚被殺的那個台灣人。」劉颱浪直截了當答道。

那位女刑警立刻顯現一副很有興趣的表情。她又看看錶，似乎很快思考了一個什麼問題，然後說：「您跟我到我辦公室來，雖然我很忙。」

她轉身時，劉颱浪瞧見她背後的褲腰帶下掛著一副亮晃晃的手銬。

＊　＊　＊

劉颱浪在旅店裡打完電話之後，十五分鐘之內便衝到了蘇黎世火車總站的大廳，依著對方在手機中告訴他的晤面地點，來到高懸於正中央那兩面電子火車時刻看板的底下。中午在漢中酒樓吃飯時服務過他的那位馬來西亞女孩早已在那兒等候著他。

「謝謝妳打電話給我。對不起，我忘了請教妳的大名……」劉颱浪迎面先開口說。

「我叫林美霞。」那女孩有點不好意思的樣子。

「林小姐，妳時間多不多？我們找個咖啡店談一談好嗎。」

林美霞答道：「現在是四點零七分，我五點半便又要上工去了。今晚有個香港旅遊團來包餐，會比較忙。」

「沒問題，打擾妳最多不會超過半個鐘頭。」

他們在車站內一家大廳堂式的餐館兼咖啡店費勁地找到一張小桌落身。在高棚滿座盡是客人哄哄講話的聲浪中，各自點叫了自己屬意的飲料。

劉颭浪端起咖啡杯細啜了一口，不作聲地看著林美霞慢慢喝她那不帶碳酸氣的礦泉水。她放下杯子後，急切地說：

「劉先生，先前兩點半我放工後，覺得今日天氣難得的好，也沒感到累，便放棄回家休息的念頭，走到大街上去看櫥窗，順便買些日用品。走過路邊的免費午報箱我順手取了一份剛出爐的報紙坐在旁邊的長板凳上一邊休息一邊隨便翻閱。怎料到我的注意力突然被第一頁的大標題給懾住了……」

她說著便從擱於腳邊的小背包裡取出一份比Ａ４稍微大一點點的德文報紙放到劉颭浪面前說道：

「昨夜大約九點鐘左右，本市北區的約里空區發生了一件殺人案，死者是個華人。」

「哦？」劉颭浪放下咖啡杯，抓起那份報紙，揚起眉毛，睜大眼睛。一張死者臉部稍微經過放大的照片映入他眼簾。

「這是不是您所要找的朋友？」

劉颭浪立時泛起了一種複雜的感覺。事實上，錢達任這三個字對他而言，其意義僅止於是個姓名而已，他從未見過這個人，有關這人的存在，也只是他從台北帶過來握於手中一份模糊的資料。

「嗯……，」他有意先打一陣迷糊，以不置可否的語氣低聲反問：「報上怎麼說？我看不懂德文。」

「死者是昨天夜裡十點半左右被路人發現倒臥於約里空瀉八河區附近一個住宅群集的矮樹叢裡。那個地點，有個鐵路高架橋，橋下呈十字垂直方向有條行人小徑，兩旁除了一些比較老舊的公寓住宅之外，還有許多密密的矮樹叢。到了晚上，比較陰暗，一般就沒那麼多行人使用這條小路。它一端通向瑞士電視公司大樓和世貿中心那一帶新興的商業開發區，另一端便是十四號電車終點站那條大馬路。」林美霞好像已經把這段命案報導的內容讀得透析，有條不紊地對著劉颷浪解說。

「先慢著，」劉颷浪打斷她：「報上提到這名受害人姓啥叫啥了嗎？他是在什麼情況下受害的？」

「沒有。只提到死者的年紀大約在五十歲上下，身分不明，因為身上沒有任何證件，所以也不知他是哪一國的人，警方正透過這張照片公開呼籲認識他的人出面指認並提供進一步的線索。報上又說，警方現場的初步驗屍指出，受害人死亡的時間大概是昨夜九點鐘前後，是附近有位老先生遛狗時，無意間被狗發現死者陳屍在小矮叢間的。至於死因嘛，是被人以鈍器重擊頭部造成腦裂……哇，好可怕——」林美霞說到這兒，她那張年輕的臉蛋顯出微微的扭曲，急忙抓起桌上那杯礦泉水猛往嘴裡灌了兩口。

劉颿浪把那頁報紙湊近自己的眼睛，像是要好好地研究那張照片上死者的特徵。直覺告訴他，戴著眼鏡的死者是「比較像」台灣出來的人，而不像其他亞洲地區的人。半晌，他才問林美霞：「這人來過妳們餐館吃飯？是妳們的老客人嗎？」

「沒錯。如果我沒有記錯的話，這一年來他大概至少光顧過四次。」

「怎麼說至少光顧過四次？」

「也就是我當班的時候，服務過他四次。有兩次他請一個非洲黑人來吃飯，好像在談什麼生意的樣子；由於華人或亞洲人請非洲黑膚色人吃飯不是件常有的事，所以餐館上下都印象深刻。另外有兩次是帶了一位台灣的小姐來。」

「台灣的小姐？妳怎麼知道是台灣來的？」

「他們吃飯談話時，有一次被我無意聽到那小姐提到什麼台北、高雄的，所以我認爲她和他是台灣人。」

「知道那位小姐叫什麼名字、看得出有多大年紀嗎？」

林美霞先是抿著嘴一直搖頭，後來她說：「我估她大約二十八到三十歲左右吧，人長得蠻甜的。」。

「妳最後一次見到他或他們兩人是什麼時候？」

「兩個多月前的聖誕節前夕，也就是去年的十二月二十三日晚上。」

「妳對這個人有什麼特別的印象嗎？」

「很紳士，比較不像一般亞洲人一副大爺粗魯的樣子。而且……每次小費總是給得很大方——」

她似別有深意地望了望劉颱浪一眼說：「這是不是你們台灣人特有的傳統？」

＊　＊　＊

女刑警悠麗雅．魏德模（Julia Widmer）拉開靠她辦公桌旁的另一張椅子請劉颱浪落座。他仔細打量她的辦公室，空間蠻狹窄，桌上堆滿了文件和一台個人電腦。她可能很忙，也沒多和劉颱浪怎麼寒暄便直截了當問：「您說您認識死者？」

「唔……」他遲疑了幾秒鐘才說道：「不一定是我認識的人，但我很有興趣知道這個人被殺的背景。」

「對不起，Mr. Liu，我手頭還有案子在辦，很忙，本來不應該接見您的，但是您先前在櫃台說，來這兒來是爲了昨晚被殺的這個中國人，而且認得這人。」

「基本上可以這麼說，如果這名受害者的中文名字叫作錢達任的話。也許我們可以合作——」

「合作？合什麼作？」

「譬如查出被殺害的原因以及找出眞兇等等。」

「對您來說，有什麼必要查出被害的原因以及找出眞兇？」悠麗雅那張未施脂粉但是還蠻經看的臉浮現一絲好奇與興趣混雜的表情。

劉颱浪似乎有意賣關子，反問對方：「死者的身分是不是姓錢，名達任，來自台灣？」

悠麗雅微微晃了一下頭，先作了個不置可否的表情，然後才直直問道：「您是台灣派來的刑警或情報人員嗎？您還知道些什麼？請提供給我們參考好嗎？」

「我是台灣來的記者，來這兒渡假旅遊，順便想探訪一下我十幾年沒見過面的老朋友。當年他離開台灣到歐洲來闖天下，後來我們就失去了聯繫，也不知道他到了歐洲哪一個國家。在我到歐洲來渡假之前，輾轉聽說他可能來到瑞士。在茫茫人海中想找到這位朋友，必須講方法，於是我把腦筋動到華人比較容易去的公共場所——中國餐館。」劉颱浪言不由衷地扯一段他瞎編給警方聽的故事。

「先前您不是說看過登在報上死者的照片了嗎？是不是您要找的朋友，您自己應該心理有數，爲什麼要跑來問我們？」

「我們十幾年沒見面了，照片看起來像是像，但……」劉颱浪被女刑警問得一時語塞，眼看著就要穿幫露餡了。但他畢竟不是剛出道還沒吃過蟲子的菜鳥，拉出來的鳥屎只有青綠的一色。他腦子急轉了個彎，便脫口說道：「十幾年前他沒戴眼鏡，所以，這照片上的他看起來我就不敢掛保證說是不是眞的我好友……」

悠麗雅．魏德模望著他，沒開口，好像在思考劉颱浪所說的話該不該相信。這當兒劉颱浪把話接上去：「Miss Widmer，您們查出什麼結果來了嗎？這位死者是不是叫作Chien Da-jen？台灣來的？」

女刑警抿了抿嘴，略略皺了皺眉頭，說：「我們今天也和您一樣，走訪了市區好多家中國餐廳，所探到的資料也和您的一樣，只知道這名受害人生前常去光顧漢中酒樓，至於他的身分與住處，目前我們還在努力調查中。不過，如果他在瑞士尤其蘇黎世做過戶籍登記的話，理應很快便可以查出個結果來的。只是我很納悶，劉先生您大老遠跑這麼一趟瑞士，不光光只是在探訪久未見面的老朋友吧？我的意思是，您是位記者，想找的人又偏偏在您到了瑞士的時候被人殺害……」

劉颷浪心頭猛然一悚，暗忖：這女刑警好銳利的思考啊。他還沒答腔，魏德模已顧不得一般貫有的禮節看看腕錶對他說：「對不起，劉先生，如果您沒有其他問題的話，我想我得繼續和同事忙著研究這案子，有進一步的結果，我們會通知您的。哦，對了，您住在哪個旅館？打算在蘇黎世待多久？能不能給張名片？」

「當然當然，我住火車站附近老城區的×××旅館，」他一邊掏出皮夾子，一邊笑臉回應：「我預定三月七日搬出旅館，原則上也是這一天的飛機回台北。不過我也可以看情況臨時更改機票。這兩天內若您們有進一步消息，麻煩通知我一聲好嗎，先謝謝了。」

劉颷浪離開市刑警大隊刑事組後，悠麗雅走出她的辦公室踏進另外一個房間，裡面靜靜地坐著一位年約不到三十歲的年輕亞洲女人，她桌上擺著一只已飲盡的咖啡杯還有一小瓶礦泉水和一只玻璃杯。悠麗雅．魏德模和顏悅色地以德語對那女士說：「汪——魚——梨——汪女士，對不起，希望我唸對了您的姓名。不好意思，讓妳空坐了這麼久……。哦，對了，先前我們談到哪裡了？」

「被襲擊喪命的受害人是我的男朋友錢達任。」

「噢，是的。今午我走訪了市內好幾家中國飯館，結果在漢中酒樓打聽到的資訊與妳所說的相符，也就是說，在您還未主動出來說明認識受害人並陪我們到法醫研究所認屍之前，我們就已經掌握了死者生前大致與您交往活動的片段……」

那名被悠麗雅稱爲汪女士的年輕女人眼神陡地暗淡了下來。悠麗雅幫對方那已淨空了的玻璃杯添加礦泉水，說：「我們眞的很感謝您在看到新聞報導之後就立刻跟我們聯繫的合作態度。如果您能夠把錢先生更詳細的社會交往背景提供給我們作參考，相信一定會對破案有幫助的。譬如說，他最近有沒有和任何人發生過衝突或錢財糾紛等情形？他是從事哪一方面的行業？您們認識有多久了，等等……還有，如果您不介意的話，也請告訴我們，您最後一次見到錢先生是什麼時候？方不方便讓我們瞭解一下您昨晚做了些什麼事？」

刑事組長魯夜笛．阿荷曼（Ruedi Achermann）

「看來今天又是不能照正常時間下班了。」悠麗雅在刑事組長阿荷曼面前輕輕嘆了口氣。

「既然吃了這行飯，就隨時得抱著無法過正常家庭生活的心理準備。我都吃了二十年，習慣啦！」阿荷曼像是個心理分析師在安慰悠麗雅一般。接著他把話頭一轉，問道：「怎麼樣，那個台灣記者的話可靠嗎？有沒有帶來任何有助於破案的資訊？」

「我覺得他好像隱瞞了些事。」

「妳先說說那個主動來認屍的汪姓台灣女人吧。她眞的是本案被害人的親密女友？」

「沒錯。她說，認識這名叫作錢達任的男友已有兩年，她自己是在七年前與一位瑞士人結婚來到瑞士，三年前因意見不合而離異，她和瑞士老公的婚姻沒有孩子。而錢達任是個持德國護照的台灣人，三年前由德國遷來蘇黎世投資開了個公司做生意。」

「唔，做生意。」阿荷曼低聲沉吟了一下。「做些什麼生意？」

「她說，對於男友的過去與出身背景也覺得有點神秘感，只約略知道他在台灣是學電子和資訊工程的，過去十幾年間在德國杜塞多夫當過某家台商電子及資訊產品的歐洲分公司總經理。三年前由德國轉來瑞士發展，做的好像是進出口貿易和代客投資方面的生意。但她也從不多過問細節，只要他對她好就心滿意足了，她說很珍惜眼前這份感情上的交往。」

「到目前爲止，妳對錢的案子有何看法？」

悠麗雅像在做簡報的模樣說：「根據汪的看法，她那遇害的男友在蘇黎世日子過得很低調，與華人圈子幾乎沒有往來。至於眞正的生意內容她不清楚，也沒興趣過問。只覺得錢這個人經濟條件不錯，在住處附近租有一個小辦公室，出手大方，待她很好。他和她兩人各自租房子住，沒同居在一起。」

「她自己呢？是幹什麼的？」阿荷曼問。

「她說離婚後，有錢的瑞士籍前夫依照法律分她一半財產，她自己租個三房一廳的公寓住，並在一家美商銀行上百分之四十的班。」

「帶人搜過錢達任的住處了嗎？」

「五點半鐘的時候在汪女士陪同之下一起到他的住所看過了。他就住在離開陳屍地點附近不遠的一層公寓裡。我剛剛回到組裡就直接上你這兒來了，還沒時間吃晚飯哩。」

「唔，我這兒還有些餅乾和一隻蘋果，給妳先簡單塡塡肚子吧。妳們查他住處的成果如何？」

悠麗雅婉謝阿荷曼的餅乾，卻接過蘋果。她翻閱記事本答道：「我發現錢達任的寓所房門沒上鎖，鑰匙還插在門內的鎖孔裡，客廳和書房的燈都是亮著的，書桌上面攤著一堆銀行寄來上個月的對帳單及貨物進出口的發票，電腦也還開著，但尚未輸入密碼，極可能他剛想要開始工作，就被某種因素打斷。也很可能打自這一刻起電燈和電腦持續一天一夜沒關。此外，屋內沒有任何遭竊的可疑跡象。」

「唔，這一點值得重視……」阿荷曼輕輕點著頭沉吟。

「我瞭解你在想什麼。法醫的報告指出，死者是被兇手以棍棒之類的鈍器擊碎腦袋致命的，陳屍的現場沒有打鬥和掙扎的跡象。此外，我也請協助蒐證的同事設法向電話公司查出他住處電話和手機最後的通聯紀錄，結果發現——」

她頓了一頓，見阿荷曼集中精神在聽，便很快又說下去：「他遇害之前的三天之內，除了姓汪的女友與他通過幾次電話之外，另外還和台灣通了三次，和本市的０４４××××××也通了三次……」

「慢著，慢著！」阿荷曼伸手輕輕作出個喊停狀，並急忙掏出西裝內袋的記事本翻出他想看的一頁，以右食指上下一行一行地掃瞄，一直找到他所要找的記載才帶著有點興奮的聲調說：「這就有意思了，對不起，悠麗雅，請繼續往下說。」

她沒在意阿荷曼的插話，接起前面的話說：「最引起我興趣的，就是昨夜八點半鐘打到他手機的那一通，你知道是誰打給他的嗎？」

阿荷曼兩肩一聳，沒答腔。

「其實我也不知道是誰，不過，我研判極可能就是那個兇手。」

「？」阿荷曼以打著疑問號的臉部表情面對悠麗雅。

「綜合前面所敘述的線索及情況，我大膽假設兇手是先利用公共電話對錢達任說有極重要的事必須馬上到他住處談話。錢達任一開門，兇嫌二話不說便以兇器逼他到外頭附近暗處的矮叢，並且很快以備妥的球棒出其不意敲碎他腦袋。所以，這件命案基本上可以定位於蓄意謀殺。」

「妳作此推論有何依據？」阿荷曼組長緊盯著問。

「第一，當時屋內所呈現的是受害人已打開電腦電源正準備要輸入密碼著手工作的狀況，但這一狀況被某種因素打斷了；第二，死者遇害前的半個小時，有一通自公用電話亭打進來的電話，經查證那電話亭就在死者住處附近的十四號電車終點站那兒；第三，公寓的房門沒鎖閉，門匙還插在鎖孔裡，這說明居住人是在某種狀況下『無法顧及』或者『來不及』先鎖門再離屋；第四，屋裡的燈火一直沒關熄，這表示屋子的居住人是處於離開的狀況，而且繼此之後便沒有再回來過。綜合以上這四個特徵，循著邏輯思考的理路去推論，便可以得出這麼一幅圖像來：

一、有人——兇嫌——於八點半左右利用附近的公用電話與錢達任取得連繫。

二、打電話的用意在製造兇嫌可以登門見到受害人的機會。利用公共電話，則在避免身分曝光。

三、錢達任讓兇嫌進了公寓樓房，來到他二樓住處的房門外按門鈴。

四、受害人應鈴開門。

五、這一時刻，兇嫌不給受害人任何猶豫的機會，利用足以讓對方感到生命立受威脅的一件東西逼對方就範，也就是逼對方立刻跟他出門。

六、這件『足讓對方感到生命立受威脅的東西』比較不可能是刀或棒之類的器物，因爲受威脅者面對這類兇器畢竟還有抵抗或躲避的機會。

七、唯一能讓人見了不寒而慄、乖乖聽命擺佈的東西，那便是手槍！」

「唔，妳的邏輯推論很有意思。」阿荷曼不住地點頭認同悠麗雅的說法。

「所以我推理的結論是——錢達任被兇手以手槍逼著匆匆離開公寓，來到附近陰暗處的矮叢，被兇手以隨身攜帶的球棒自背後擊碎腦殼而喪命。」

「慢著、慢著，」阿荷曼急急打斷悠麗雅：「兇嫌不是有手槍嗎？怎麼突然變出一根球棒來了？以球棒殺人，有何用意？」

悠麗雅似有點得意於自己的分析，說：「哈，想製造成錢達任晚上出來散步被不良分子搶劫殺人的假象啊！當時兇嫌想必穿著一件風衣，把球棒暗暗挾藏於衣內。之所以使用球棒行兇，除了轉移行兇動機的焦點之外，還有避免槍響立刻引起旁人注意的考量啊。」

「假象？」阿荷曼右手五根指頭不斷揉搓著下巴，皺起眉頭思索著悠麗雅的話。半晌，他才若有所悟地直直望著悠麗雅說：「妳的意思是——兇手想掩蓋殺人的動機？」

「沒錯，受害人必需死於突發的意外事件！這樣，警方調查起來，其背後的動機便可以被隱蓋掉。」

「既然如此，爲何要這麼複雜呢？採取車禍或其他意外事件的方式不是更好嗎？」

「我想，這應是最簡速、最省事、最廉價的法子了。很明顯的，兇手有時間上的急迫感，他或她必需在極短的時限之內結束錢達任的性命，不能多所拖延。」

「這話怎麼說？」

「我的意思是，在這一兩天之內錢達任不能繼續活著。」

「不然呢？」阿荷曼情不自禁順著悠麗雅的語勢開始配合演起實況模擬推演的遊戲來。「爲什麼妳會有這樣的假設性推論？」

「我也不知道。不——也許是我女性特有的直覺把我引向先前突然現身於我們局裡那個台灣記者帶來的靈感吧。我覺得，他從台灣跑來瑞士，表面上說是來尋訪失聯多年的老友，可是又說不出相關的任何細節來，這中間是不是和那個神秘兮兮的錢達任以及他的被殺，存有什麼關聯性？總之，這個記者對我而言是個謎，我得好好了解一下他的來龍去脈才行。」

「我同意妳的見解。喔，對了，依妳看，錢達任的汪姓女友可靠嗎？她有沒有案發時刻不在場的證明？」

「她說，錢被殺的那天，她因爲不用上班，下午便和兩位熟識的瑞士家庭主婦好友約好前往瑞德奧三國邊界共鄰的波登湖德屬小鎮康士坦茲吃飯兼購物，玩了大半天，晚上十點多鐘火車才回到蘇黎世。由於覺得累，一進自己的住所倒頭便睡了。」

「妳當然也查證過她的Alibi囉？」

悠麗雅嘛嘛嘴說：「查證過了，暫時找不出什麼不合情理的破綻來。她和錢達任之間，似乎也還看不出有什麼感情糾紛之類的問題存在，至少表面上如此。」

「錢達任有沒有仇人或與人發生財務糾紛之類的事呢？」

「汪表示她不清楚自己男友的社交情況，並說錢在瑞士的日子過得頗爲低調，似乎不怎麼跟人接觸與交往。有關於他的背景，我可以設法繼續調查。」

她見阿荷曼正低頭沉思，便把話收住，整個房間一下子倏然靜默了下來。過了一會，阿荷曼似乎想通了什麼，又回過神來，抬頭望著悠麗雅，語中透著點興奮說：「照妳剛才這麼詳細一說明，我手頭負責這件辦了好幾天的案子就有點道理了。還記得五天前——也就是三月一日那天夜裡——發生在蘇黎世湖右岸那件非洲人Wabeributi的被殺案嗎？我們上上下下折騰了幾天，一直朝著極右派光頭黨歧視外國人尤其專找黑人麻煩的方向去追查，研判是Wabeributi這個人霉運當頭，在不該出現的時間出現在不該出現的地點，被四處追打外國人的光頭黨逮了個正著，冤枉慘遭亂棍打死，同時還被補上充滿了仇恨黑膚人種的一刀。

另一方面我也自問，這個人是不是涉及販毒行爲？因爲在咱們這個國家裡的非洲人有不小的比例在幹這種勾當，這是有統計數字根據的。不過，如今有了妳偵辦錢達任命案蒐得的線索和資料，Wabeributi的案子根本就可以說得上是和錢達任命案有相當的關聯性！我原還以爲是件專門以攻擊外國人爲目標的連續棒擊案哩，妳也知道，利用棒球棒毆打外國人，正是本地skinhead的專利註冊商標。」

這下換成悠麗雅默不作聲。她一副願聞高見的神情望著阿荷曼。

「剛才妳所舉述的一個電話號碼，也就是妳查出錢達任近來通聯紀錄當中之一的那個044××××××電話號碼，正是Wabeributi的Universal Metalle AG公司號碼！妳看，我本子裡所記的對不對？是前幾天我帶著伙伴到他公司去找線索時抄錄下來的。這正說明了兩件命案有相當程度的關聯性！不排除兩案的兇手就是同一個人的可能性。」

悠麗雅點點頭表示同意他的說法，她問阿荷曼：「循著這個關鍵點切入，應該可以慢慢把兩案的背景串出一條直線來。不過你倒說說看，這個叫作Wabeributi的非洲人那天晚上怎會在湖畔被殺？夜裡他跑去那兒幹什麼？和女人約會談情說愛嗎？」

「哈，悠麗雅，問得好，妳眞有幹刑警的天份。」阿荷曼朗聲說：「我查出他那天晚上也和妳手頭案子裡的錢達任一樣，是在他被殺的半個小時之前先接到來自他公司兼住所附近一個公共電話亭的電話……」

「所以你便下結論，認爲兩案的兇手可能會是同一個人？在這個節骨眼上我支持你的論點，因爲漢中酒樓的人告訴我，錢達任請這個非洲人在那兒吃過幾次飯，每次都好像在談生意的樣子。你查出Wabeributi開設的Universal Metalle AG公司是做什麼生意的嗎？有沒有可能是錢達任和Wabeributi發生了生意及財務糾紛，因而錢達任殺了對方？」

「我查到的資料顯示，他做的是非洲金屬原料和礦砂出口的貿易，特別是以瑞士爲據點做轉口三角貿易，亦即瑞士接單非洲出貨，最近這兩年對台灣出口很多。這個人來自非洲Y國，大約十五年前以難民的身分進入瑞士並獲得庇護，妳也知道，非洲不少國家的政權是在流血內戰中像走馬燈般換來換去的。Wabeributi三年前已正式取得瑞士國籍。他沒有結婚，但社會交往比較複雜，目前有個很年輕的瑞士籍的女友，呃……，才二十三歲，而他卻已經四十歲了！」

「一點也不稀奇，」悠麗雅淡淡地說：「在瑞士，很多黑膚非洲人都有年輕貌美或成熟有錢的瑞士女人超愛跟著他們。你查過Wabeributi的女友沒問題嗎？」

「查過了，在旅行社上班，很清白，沒有任何不良紀錄。」

「這下我倒要回過頭來查查錢達任到底和Wabeributi有些什麼樣的生意往來。我想向檢察官申請調閱他銀行往來帳的紀錄資料，從這兒下手比較容易。」悠麗雅信心滿懷地說。

「妳想挑戰瑞士銀行機密？」阿荷曼縮了縮頭說：「妳敲得開銀行保密的大門嗎？高難度喲！這一兩年來歐盟頻頻對我國施加政治壓力，要我們放棄聞名全球的銀行機密法，都沒任何的輒……」

「這倒也未必。只要掌握了犯罪的事實，瑞士的法律還是規定可以調閱銀行相關客戶的資料的。」

「問題是，我們還沒有任何證據足以確證錢達任——或者，針對我手頭的Wabeributi命案也一樣——犯罪啊。相反，這兩人是謀殺案的受害人！」說著說著，阿荷曼看看錶，長長噓了一口氣說：「快七點鐘了，我們走吧，悠麗雅，先到附近找家餐廳隨便塡個肚子邊吃邊討論，怎樣？我們應該合力整理一下妳我手中已掌有的線索資料，把這個可能同是殺害Wabeributi和錢達任的無名兇手做出一個比較具體的側面畫像來。」

悠麗雅微微露出雪白的前齒淺笑著問阿荷曼：「你有構想嗎？」

「悠麗雅，我想我大概也可以順此試著替『妳的兇手』側繪一幅畫像並從兩個角度來詮釋：

一、假設這個兇手是本地人，也就是在瑞士設有戶籍的人，則不管是瑞士公民或外僑，他或她便不能利用自己住所的電話或透過手機來打電話給錢達任，因爲這樣容易於事後在警方追查之下曝露自己的身分；

二、若兇手是個來自瑞士境外的人，由於在瑞士境內沒有固定住所，因此也沒有機會使用自己的固定電話機，如果利用旅館的電話或自己的手機，身分便很容易走光。」

「所以你的意思是——」

「兇手來自境內或境外，兩種可能都存在。」

「這不就等於白說的廢話？」

「妳先別急，」阿荷曼以手勢做了個請對方稍安勿躁的動作後接著說：「畫像就是要從這兒開筆的呀——兩案的兇手若是住在瑞士境內的人，我們就得更進一步去徹查、過濾兩名受害者在瑞士的社會人際交往關係，而這一點，『我的受害人Wabeributi』比較複雜，『妳的受害人錢達任』相對比較單純，因爲他的生活過得低調而隱蔽，查探的對象及範圍可以縮小很多。假如兇手是個外地來的，則此人勢必同時與兩名不同國籍、出身背景各異的被害人有某種共同的交集點……」。

「魯夜笛，你的疑兇畫像輪廓擬繪得不錯，基本上我們應該就可以循著這兩組畫像的素描造形去做細部推演了。只是，我老覺得錢達任的死亡，似乎有時間上的急迫性，那個台灣記者劉颱浪的出現與錢達任之死，其間究竟是必然？還是巧合？這令我對兇手出處的推論比較傾向『外地說』。事實如果是這樣的話，五天前Wabeributi的被殺，則又好像不應與外來兇手扯上關係，那股『必須被消滅的緊迫感』似乎也不存在。嗯……說到這裡，我覺得腦子裡有個什麼東西在那兒盤旋，一時也說不出來是什麼，呼之欲出，卻又無從捉摸，讓我的心有點發慌……。哎呀，糟糕，忙起來我都把時間給忘了！」悠麗雅倏地一副情急的模樣，匆忙掏出手機，撥了組號碼，表情帶著點無奈，也不避忌阿荷曼在旁便一咕嚕地講了開來：「哈囉，斐南柁，我的寶，你下班回到家了？對不起，今晚我又得加班了，就別等我吃飯吧，現在正要跟魯夜笛去吃個便飯，繼續研究案情，請原諒我不能早回家。你自己好好照顧自己，祝你食慾大開。」

收回電話時，她發現魯夜笛．阿荷曼正以帶點歉疚而又愛莫能助的眼神看著她。悠麗雅輕嘆了一口氣說：「咱們走吧，希望這件案子結束後，能請兩個星期休假和我老公到他菲律賓老家去享受一下亞洲的春天和海灘……」

德國聯邦情報局（Bundesnachrichtendienst／BND）

柏林。德國聯邦情報局局本部。

現年六十三歲的局長海因利希．史密特（Heinrich Schmid）博士特別在他的辦公室裡召見了專責情報偵蒐的一處和擔任情報資訊分析的三處兩位處長替他作報告。這位有幸於二次世界大戰結束那年才出生的德國國家安全最高負責人，德國漢堡大學政治學及美國哈佛大學心理學雙料博士，平素和藹可親的儒雅學者形象沒變，嘴角依然一副淺淺的微笑，眼神掃視過兩位處長後，不緩不急地問：「總理剛剛和外交部討論過這件事，她問，我們費了九牛二虎之力蒐集到手的這份光碟資料，其中一小部份的資訊內容被當作補償性的小禮物送給中國政府，藉以撫平前一陣子因執意要接見達賴喇嘛而激怒北京的不快，這原是極機密的外交運作，如今這份情報怎會落入台灣的手裡了？」

「這個，」一處處長漢思・胡柏（Hans Huber）五根指頭拂摩著泛白鬍鬚的臉頰，望望同僚三處處長恩斯特・艾森柏格（Ernst Eisenberger）說：「根據我們分析的結果來研判，這極可能是北京及華府的傑作。」

「兩位不是要我把這個可能會是拿來當作四月一日愚人節的笑話轉述給總理聽吧？」史密特博士溫文的笑意逐漸隱去。

「老總，」三處處長恩斯特・艾森柏格知道自己必須趕快將事情解釋清楚，好讓局長心中有個底，可以向總理交代。「這份黑名單對中國肯定極有用處，他們會感激我們德國的。漢思的部門也掌握了中國的動向，確切知道北京已暗中將有關台灣那一部份的資料透過香港管道流轉到台灣比較親近反對黨的黑道分子手裡，再藉黑道分子之手以有價出售的方式落入那個龐大的報業集團。

如果透過媒體爆料成功，眼前他們那個貪腐政權勢必坍塌，有利於在野黨重掌政權，把搞公投入聯和走獨立的激進路線掃進垃圾桶，因而解除台灣海峽兩岸的軍事危機，對大家都有好處——不管是山姆大叔或是北京政府。畢竟，若是現在這個敏感時刻打起仗來，無論出自什麼樣的動機，誰對誰非，對任何一方乃至國際局勢的安定都沒有好處。各方都應自我節制，不應在奧運會之前以及美國的次級房貸危機把全球股市拖累得災情慘重的當前火中潑油，引起更大的軍事緊張……」

「這個我當然明白，」史密特局長隨手翻動一下桌上的文件，追問道：「問題是，台灣政府怎會知道北京已獲得我們手中擁有的這份珍貴資料流到在野陣營去？是哪一方洩露出去的？他們跟我們沒有正式外交關係，與他們交換情報資料是犯國際外交政治大忌的！」

「當然是我們盟友老大ＣＩＡ的傑作啦，還有誰？」一處處長史密特斬釘截鐵地說。

局長以鼻息冷哼了兩聲。「我們的老兄弟這回在玩什麼把戲？您此說可有依據？」

「美國政府不願台灣現任的綠色政府死得太難看，以免無法繼續利用這個純色本土政黨的力量去平衡有逐漸向中國溫和靠攏的藍色勢力，所以便透過ＣＩＡ將親藍媒體業已獲取不利於現任政府的情報透露給當局，好讓這個政府做出應變的準備。ＣＩＡ的這一手動作，是被我們在香港的人員掌握報回本部的。」

「了解，」史密特局長點點頭說：「總理也清楚這是美國人處理中國及台灣問題的底線——不准兩岸任何一方擅自改變現狀，也就是說不准強統及強獨，哪一邊不聽話就要讓哪一邊倒楣。」

「幸虧北京方面還算懂得自制，這也是他們中國人聰明的地方吧。」胡柏處長十指交叉，兩根大拇指不斷一上一下地交互輪轉，他補充說：「他們只把這個情報的要點策略性地流到台灣去，沒把關鍵名單也雙手奉送。」

同一時間，比德國時間要快七個小時的台北午夜，足智多謀的大軍師爲了大選費盡心思操盤，因而守不住幾根銀絲趁隙突圍闖出頭頂之際，還一心惦記著另外一樁更需急著去解決的大難題，於是他搔著頭顱的手指不知不覺地加了把勁。

他有點近乎焦慮地守著桌上那具電話機。精準與完美，一向是他行事風格的註冊商標，總是不會讓經過一番精算策劃的劇本不逐字逐句地脫稿演出。在他編寫的劇本裡，每一個場景，每個不同的角色，各有其戲份，容不得亂序；角色的詮釋和場景的安排，都得聽從這位大導演的指揮。而身爲大導演的他，依運作程序和行政倫理卻也還是得向投資製片的幕後大金主效忠負責。

現在，他劇本中有幾個角色脫序演出了，整個戲劇效果大打折扣，他必需扳起臉來及時喊卡，刪剪掉不能用的鏡頭，必要時甚至得換角重拍。

忠誠這兩個字在他腦際打轉。他問自己：什麼是忠誠？是我面對老闆還是下面的人面對我講忠誠？忠誠的賞報是什麼？不忠誠又須付出什麼樣的代價？

桌上的電話鈴終於響了起來，沒違反他精準的原則——依時於午夜零時響起。

他伸手去抓電話聽筒，期待中混雜著一絲緊張。

* * *

劉颱浪與莫妮卡的晚餐【3月5日星期二，劉颱浪抵瑞第二天晚上】

「劉先生，既然您對於今年二月間德國與列支敦斯坦之間爆發的稅務戰爭有所瞭解，爲何還找上我們的報社來挖消息？您這作爲，在全世界的同行裡我是第一次見識到！」《瑞士大觀報》的女記者莫妮卡・黑格林（Monika Heglin）放下手中那杯飯前開胃酒，目光盯著劉颱浪，以英語開門見山問他。

「妳稱我David好了，美國人都這麼叫。」

「您不是台灣人嗎？」

「我們在台灣用中文也多半是這個習慣，除非面對的人是個長輩或長官。」

「這在歐洲尤其是德語系國家並不流行。不過，David，我以同行的角度來面對你，就隨你的意思吧。本來依德語的規則，你我算是初識，應該互相以『您』來稱呼對方的，雖然在英文裡現在已沒有人這麼稱。」女記者停頓了一下，清清喉嚨，再舉杯啜了一小口酒，接著說：「你可以叫我莫——妮——卡。」

劉颱浪被她最後那句話給嚇了一跳，臉上泛出一絲驚訝的表情。不是因爲她話的內容有什麼特別的意義，而是，「你可以叫我莫妮卡」居然是句字正腔圓的中文！

「Monica！妳、妳，懂中文？」

「是的，David，」莫妮卡微笑著說：「會一點兒。」

「不止一點兒，」劉颱浪直直望著她，改以中文透著佩服的聲調說：「妳的發音很準確，而且語尾還帶北京腔的『兒』字，什麼地方學的？」

「我是蘇黎世大學東亞研究所漢學系的畢業生，一九九九年到二〇〇一年曾在中國北大學習兩年。」

「好極了、好極了，我們更有合作的基礎了！」劉颱浪猛猛點頭，也舉起自己的酒杯向她作了個敬酒動作。他接著問：「可是我不解，爲什麼今早在報社妳不對我表示會中文呢？」

「有時玩玩捉迷藏的遊戲也不錯的呀！看別人一臉驚訝的表情，蠻有意思的，就像我們挖內幕，把它變成獨家發表出來，緊緊操控著讀者的神經和情緒……」

侍者送上菜單，問兩位點些什麼。劉颱浪稍微禮貌性地把菜單翻了一下便往旁邊一擱，他學洋人輕輕聳了聳兩肩，說：「我沒主意，入境隨俗，聽妳介紹吧，本地菜的特色是什麼？」

上午在大觀報報社與莫妮卡初步達到他以不速之客冒然造訪的目的之後，他主動提議，若莫妮卡晚上有空的話，下了班請允許由他作東，請她出來吃個晚飯，就先前所談論的事再作進一步的意見交換。莫妮卡覺得劉颱浪闖進報社說明來意，總編輯指定她代爲出面接待，大概也是認爲她學過中文，由她來「應付」這名來自台灣、目的頗有幾分神秘的同行比較適恰。

莫妮卡的目光從菜單抬起，移向劉颱浪，問他有沒有什麼忌口或不喜歡吃的食物。劉颱浪說，天上飛的，除了飛機、地上爬的，除了坦克之外，無所不吃，即連一般亞州人不習慣的奶酪，他也行。

「這樣吧，我大致認識你們中國或台灣人的口味，幫你叫一份綜合沙拉當前菜，淋上法式沙拉汁，主菜叫個蘇黎世傳統的菇汁嫩牛片配奶油乾煎馬鈴薯籤，如果不喜歡馬鈴薯籤改配麵條也可以。不過，馬鈴薯籤煎得乾乾焦焦的，香脆而富口感，我建議你吃這個。要不然，這家餐廳的烤豬腳也很不錯，是去了皮用啤酒浸泡過一夜才上爐的，風味與德國豬腳完全不同。」莫妮卡如數家珍地介紹。

劉颷浪不住點頭說：「好、好，妳是本地記者，什麼都見識過，聽妳的準沒錯，就像這次我上門找妳們合作一樣……」

他覺得年紀看起來還不到三十歲的莫妮卡人長得蠻甜，又懂中文，從上午的交談中知道她幹社會內幕報導記者的經驗豐富，其實她可以試著請求報社派往中國或台灣當駐外記者的。拿瑞士的待遇，在華人社會過日子，一定很過癮，而且因爲工作的性質，可以深入見識體驗派駐地三教九流的人文生態。

「我是有過這樣的念頭，但除了社方得有這種需要之外，另外我男朋友也是一個因素——他的工作不容許他跟我到亞洲去，他是本市一家私人銀行的業務經理，走不開。」

「哈，說到銀行，我們今早的共同話題又繞回來了。」劉颷浪不經意地往四周探了個頭，說：「我提出的合作建議，妳們社長同意了嗎？」

莫妮卡說：「經過評估後，基本上是很歡迎。他覺得你的主意很新鮮，從未碰過有這樣的情況。只要你們肯負擔必要的費用，我們出面行動挖到貴報所需要的資訊便雙方共享，新聞發佈則以雙方採取同步獨家的方式來處理，明天上午十一點鐘你再來社裡一趟，辦理簽約手續。」

「錢應該不是個問題，」劉颸浪直爽地說：「只要能造成獨家，便有價值了，我已受到台北方面的充分授權。」

「很好。可是我有個問題不清楚——像這次德國政府與列支敦斯坦銀行的稅務爭紛，從今年的二月就開始吵得風風雨雨，不但歐洲這兒，即連美國、加拿大等地區也都是各大媒體的熱門頭條新聞，你們台灣傳媒界一定也有這方面的外電資訊，怎麼你們的報社還要刻意派你前來瑞士找上我們呢？」

「妳這一問，眞的很有意思。今早我只顧跟妳談怎麼合作的事，沒把這一點解釋清楚。」由於餐廳已經差不多滿座，前後左右都是客人酒酣耳熱一片嗡嗡的講話聲浪，劉颸浪不得不直起嗓子稍微放大聲音回答：

「我們台灣，不管是朝是野，上至知識分子下至販夫走卒，加上媒體，大都只對島內的本土政治紛爭有興趣，八年來整片土地已深陷於族群對立和意識形態的鬥爭，對於國際局勢以及如何因應全球化的事務完全沒有興趣。所以，像德國與列支敦斯坦之間的外交與政治糾紛鬧得這麼利害，台灣卻沒半個人覺得這事件其實也對島內的政治極有影響力……」

「你不就是已經看到箇中的奧妙所以才不惜萬里迢迢親自跑來瑞士找上我們了嗎?!」莫妮卡的反問頗有一些力道。「怎會看上我們的?」

「我的一位瑞士朋友大力推薦貴報，主要就是相中妳們蒐集資訊挖內幕的能力和效率特強。不是我對妳本人或妳們的報社沒信心，但還是請妳明白告訴我，我要的資料特別是那份黑名單，妳眞有把握弄到手嗎？」

「我們儘力試，既然已有明確的管道可循，憑著我們一向蒐集資訊的脈絡，應該沒有問題的。」

「明天有沒有把握？因爲我後天就要飛回台北了。」

莫妮卡把眼神拉回桌面，沉思了一下才說：「我們已經把線放出去了——透過專門提供某種特殊服務的律師、瑞士及德國的退休外交官、在銀行界幹過高職位的金融大老，甚至必要時也會試試找私家偵探。有無成事的可能性，明天晚上之前應該可以知道的。」說到這裡，莫妮卡以右手大拇指和食指的指尖交互搓著比了個代表孔方兄的記號，先是用英文緊接著以中文說：「Money talks——錢能通神！」

劉颸浪露出開心的表情說：「太好了，眞的感謝。不過——說句眞心話，妳不怕這事上了妳我的報紙之後，瑞士銀行保護客戶機密的措施要大受左派政黨的撻伐、面臨德國和歐盟的壓力又會增加了嗎？」

「這個不利於國家正面形象的效應，不也一樣可能會見諸於你們台灣嗎？何況，你們在國際政治舞台上是孿孤立的……」莫妮卡反問。

這點倒是像把利刃，一下子便刺進劉颸浪的心窩裡。

她說得沒錯，劉颸浪暗問自己，爲什麼要向老外抖出自己國家的糗事——尤其有關整個政府是個貪腐共犯結構的醜聞？他立時陷入自我身分認同的矛盾，一種介於面子與身分認同之間的掙扎——他自己到底在追求什麼？是功名？是利祿？還是某種說起來很虛榮的成就感？

爲何要將這些醜事掀露給老外聽？而且，爲了取證，還跟這家瑞士報社簽下一紙資訊共享的合作契約。單單是爲了顯揚民眾享有「知權」這一新聞傳播者的責任良知嗎？還是，喔，說難聽或者說得率直一點，他根本就已經失去對這塊土地的認同感？不，不！不是失去對這塊土地的認同感，而是——對這個政權徹頭徹尾的失望！

「我們就拋開什麼國不國家、體不體面的問題，還是回歸到記者本業的現實來吧。」

莫妮卡牽動了一下嘴角，正想開口，恰好侍者已把先前兩人點叫的沙拉送上桌來。她以瑞士流行的餐桌禮節用法語道聲「Bon appétit（祝好胃口）」後，便拿起叉子，邊吃邊聽劉颷浪說。

「我不懂德文，沒看瑞士報紙，包括貴報。」劉颷浪也開始享用他的沙拉，邊吃邊說：「不過今天我聽人說，昨夜蘇黎世有個極可能來自台灣的華人被殺；此外，在這件命案發生之前五天的三月一日夜晚，也有個非洲人被類似的手法打死……」

「啊，我想起來了，」莫妮卡嚥下口中的菜，用紙巾輕輕沾拭嘴角的油汁，說：「是我同事採訪報導的。你提這兩件……嗯……中文怎麼說的？嗯，對了，……風馬牛不相及的案子……」

劉颷浪情不自禁地揮揮手中的叉子，說：「根據我手頭所掌握的資料，這兩件案子正像咖啡與奶精的關係，兩者交融在一塊味道才和諧！再配上請妳們報社幫忙查證蒐集的銀行資料，就更像加上適度的方糖，這杯咖啡喝起來便更有滋味了！」

夜魘

劉颷浪和莫妮卡的餐敘於九點半左右結束。

他走出飯店，看看天色還早，氣溫也適度，一點也不覺有寒意，於是捨飯店前面那條蘇黎世最熱鬧的購物大街，漫步於一家挨一家盡是個性小店的窄巷，輕鬆自在地一面欣賞櫥窗裡的陳列商品，一面朝往不遠處那老城區旅館的方向踱回去，並透過視覺把蘇黎世這個頗具詩情畫意的夜色給捕進腦海裡。

他忽地又惦念起遠在地球另一個角落的雅萍來。但旋即又想，現在一個人孤單單在這裡辦正事，實在是沒什麼好詩情畫意的，還是等下次帶她來渡假時，再一起執筆寫下這幅詩情畫意吧。

信步走著走著，一下子便來到快要接近麗馬特河一處橫巷的十字交叉口，正在猶豫要不要順步往左或往右晃過去，探探這城市幽靜的一面。他的手機突然響起。帶著輕微的詫異，他按下接聽鍵，螢光中閃現出九點三十五分的時刻來。會是誰，在這個時刻打電話給他？

——雅萍？不太可能，她那兒的時間現在已是六日凌晨四點三十五分，理應早就累得進入夢鄉多時了。何況在他飛快的一瞥中，發現那並不是他熟眼的號碼。

——莫妮卡？也不像，她剛剛才跟他分手，來電的號碼也不像她名片上的手機號碼。

——女刑警Julia Widmer？或許有可能，他猜測，是不是她已掌握到什麼破案的線索而急著要找他來對證？……

044××××××，顯然是個蘇黎世的號碼。

他還來不及思索出正確的答案，手機中已傳來一個陌生男子的聲音：「劉先生，請你現在馬上往左手的方向轉，沿著坡道走上去，會來到一個休憩用的小廣場，這裡可以居高臨下觀看蘇黎世的城區景色，我在這兒等你。」

劉颺浪大感訝異之際納悶不已，因爲，打電話給他的人講中文！而且腔調不是老外的中文，是他從小到大一直聽慣的那種台灣式「標準國語」！他腦海立刻進行記憶蒐尋，一時卻想不出目前在蘇黎世除了雅萍的老同學周智雨以及下午和他晤敘過的那位林美霞之外，還有哪一個人——尤其是男人——會以中文打電話到他的手機來。他忙不迭連聲問：「喂、喂，你是誰？找我有什麼事？」

只聽對方簡單回答：「你走過來便知道了，只要兩三分鐘的腳程，跟錢達任有關，我在上面等你。」這像根細針碰上一塊吸力超強的大磁鐵，劉颺浪情不自禁地立刻往左邊那條側巷走過去。果眞不到三分鐘的光景便來到一處較爲僻靜的台地，若從遠處往這邊向上望過來，便像是一面城牆，其背後則是一片與牆同高的寬敞平台。

在幽暗的燈光下他辨識出那應是一個白天供給民眾休閒活動用的公共空間設施，因爲他第一眼便看到前面有些狀如公路施工用那種尖筒形標示物的西洋棋豎立在地面上，右前方是一沿像城牆的頂脊，那兒有兩三張長條椅凳一字排開，看樣子是給人坐在上面欣賞眼下麗馬特河及對面較遠處蘇黎世市區老城景觀用的。這時他見只有一對情侶模樣的男女坐在其中一條長凳上，應該是談情說愛的成份大過於觀賞夜景。另有一對則肩靠肩直接側坐在牆脊上，四隻腳面對著地上棋盤的這一方向。

劉颷浪東張西望正自問那個打電話約他見面一晤的神秘人物在哪兒，地上棋盤後頭那個出口的小門之處有個聲音朝他傳過來：「我在這裡，跟我來！」

他隨聲踏著狐疑的腳步走過去，來到出口的地方。

一條人影倏地自門側閃現於他眼前。

劉颷浪雖然心裡有數，還是被嚇了一跳。待他快速定睛一看，整個身體的血液幾乎像是遭到酷寒冰雪急凍般，被眼前的景象給凝成了不再流通的硬塊。

那條身影雖然穿著件風衣，一時還看不清臉面長成什麼模樣，但劉颷浪一眼便意識到對方的右手正握著一隻手鎗指著他！

他的頭皮一陣痲緊。

「不要動，跟我來！」那人揮揮鎗管，朝他施令。

劉颷浪不敢造次，心中毛毛的。

「走這邊！」那人握著鎗閃到他身後，語氣冰冷地命令他：「繼續往前走，不許回頭。」

他身不由己，提著心吊著膽聽命一步一步走向一處看來像是個花園或迷你植物園的幽暗之處。此時，他腦子裡陡地冒出「錢達任」這三個字來，一個念頭禁不住浮上心層：這下完了！

他無法清楚辨認此人的面貌長成什麼模樣，記憶中沒留有認得這人的印象。不過他相信這個神秘人物一定和錢達任有關聯，而且，顯然是謀殺錢達任的兇手！還有，那個比錢達任早五天死於非命的非洲人，也極可能是遭了這個人的毒手。現在，同樣的噩運就要輪到他的頭上來了。

他踏著遲疑的腳步，頭皮愈加發麻。情急之下，禁不住轉過臉來瞧瞧對方。果然，是張從未見過的陌生顏面，大約四十歲上下的一張國字臉。

也多虧他這冒死轉頭一望，倉促間只見那人手中握著的鎗隻已不知何時收藏了起來，此時卻像變魔術般地換了一根頭粗尾細的球棒，雙手緊緊握著棒子的尾端，準備朝他後腦揮擊過來。

劉颺浪驚呼一聲，一方面是出自於本能，另一方面也是有幸拜他受過調查局訓練之賜，在面對暴力的境況還知道該有怎麼樣的反應動作——他迅速一個蹲身，把身腰往右一閃，避過了迎頭劈過來的那一棒，同時急速脫下沒扣上扣子的那件春秋兩季用夾克，飛快往左手腕一捲，權充抵擋對方棍棒的「護盾」，並在閃躲之間急急設法解下褲腰間的皮帶，以便將皮帶頭拿來當作反制的武器。

那神秘的揮棒攻擊者沒料到劉颺浪竟然會使出這麼一招來，原來所掌握的絕對優勢一下子便減弱了幾成，與劉颱浪形成了互有攻防的拉鋸之鬥。不過這名神秘人物顯然想速戰速決而無意久戰，只見他輪空揮了猛烈的幾棒之後，便倏然收住，把右手伸入風衣的口袋，又將那把手鎗掏出來指著他喝道：「住手，不許動！」

劉颱浪臉色一變，心想這下大勢已去沒得玩了，卻又不甘心就這樣挨上一顆子彈。然而畢竟是現實與理智壓過了他的勇氣，他頹然垂下雙手，愣愣愣愣地等待下一步的發展。

那人很快欺近劉颱浪，左手握著的球棒很快與右手的鎗對換了個位置，並順勢將球棒高高舉起向右後方斜斜拉開，看樣子是要給彷若頓失鬥志的對方來個致命一擊。

球棒閃電似的猛然朝他頭頂劈落，下意識一股求生的本能促使劉颱浪纏著夾克的左腕再度揚起抵擋。畢竟骨與肉擋不住木頭的堅硬，一陣痛徹心肺的苦楚飆進他的覺知意識裡，他忍不住「啊呀」一聲地大喊出來。接著便失去章法地在那兒盲目亂擋亂竄，連連挨了好幾棍。最後實在痛得受不了，連身子都彎下準備倒地接受死神的召喚。

就在絕望的最後一剎那間，靜夜裡倏地爆出兩聲英語的喝斥：「停手，不准動！」緊接著不知打從哪兒閃跳出兩條持著手鎗的人影，齊齊衝向那個揮棒攻擊劉颱浪的神秘人物。

那攻擊者也機靈，驚覺情況有異，出現了不是自己預見的變數，便二話不說，拋下劉颱浪不管，攜著手鎗和球棒死命奔離那塊地方，朝著另一個方向衝跑，不到十秒鐘的光景便隱沒在一個小側巷裡。

夜訊

「劉先生，您的情況是個必需嚴肅看待的問題。」悠麗雅把咖啡端到劉颮浪跟前，以就事論事的口吻說：「我們覺得，您現在應該老老實實把所知道的內情全部告訴我們，以利我們處理錢達任的案子。」

劉颮浪皺了一下眉，右手撫了撫左臂腕，露出些許忍受痛楚的表情。

「您眞的沒有問題吧？先前在醫院的急診處醫生要您住一夜，以便仔細觀察傷勢，爲什麼您堅持不肯、吵著要離開？」

「我眞的沒事，這點皮肉之傷算不了什麼，像現在這樣擦點藥包紮一下就行了，只要沒擊中頭部造成腦震盪就沒事。何況明天我還有一大堆事要處理，後天我飛回台北。」劉颮浪端起熱騰騰的咖啡，輕啜一口，回問：「您們是怎麼知道我身陷險境、及時出現救了我一命的？」

悠麗雅先是和她身旁的阿荷曼組長交換了個眼色，然後把目光移到劉颮浪身上，正色地說：「您離開我們警局之後，我請了兩名同事一路跟著您。」

「您們跟蹤我？爲什麼？」

悠麗雅正想接腔，阿荷曼卻搶先問劉颮浪：「劉先生，您應該知道爲什麼！您不覺得自己涉入錢達任和那個非洲人Wabeributi兩樁謀殺案夠深的嗎？」

「您們懷疑我？」劉颱浪對兩人作出一個「怎會這樣」的表情。

「這已不是懷不懷疑的問題」，阿荷曼的語氣透點冷：「而是，我們認爲您可能是構成這兩件命案最重要的因子之一……」

「怎會這樣？怎麼可以懷疑我？」劉颱浪似乎有點吃驚。

好像事先與阿荷曼組長套好招、有默契似的，這下由悠麗雅接棒提問：「請您先告訴我們，對於錢達任在這兒做進出口貿易和金融投資生意的背景與底細，您究竟知道多少？還有，那個非洲人和錢達任的關係您也清楚嗎？爲什麼就在您現身瑞士的前後這五天裡，這兩人會先後遭人謀殺？而且，今晚您自己也差一點遭到那個極可能是同一兇嫌的神秘人物毒手？」

劉颱浪沒回答阿荷曼的問題，他垂下雙眼，低聲問：「您們抓到那個攻擊我的人了嗎？」

「對不起，那個人似乎不是一般普通的兇手，殺人做案的經驗極可能很豐富——他趁著我們的人救您之際成功逃走了。我們現在正設法緝捕，也需要您的合作和大力協助。」悠麗雅代阿荷曼接腔。

「而且，」阿荷曼打蛇隨棍上，配合著將悠麗雅的問題深化：「這兩天我們已查出錢達任和那非洲人Wabeributi有密切的銀行帳戶往來關係。

Wabeributi和台灣方面做礦砂的進出口貿易，他從台灣賺到的錢，多數匯入錢達任的帳戶，轉爲股票或其他衍生性金融產品的投資，這還不算，連來自他母國的一些資金也都經過他一一匯入錢達任的帳戶，由錢達任代爲操作轉投資。最後我們追查出這些投資的資金絕大部份都去向不明——有些硬是中途被提現，有些則流向新加坡和美國，還有一些則分別以他個人和Wabeributi的名義買了其他國家的基金和房地產。我們有充分的理由懷疑，他的角色很像個洗錢者；而您，劉先生，與他的洗錢行爲有某種關係……」

劉颸浪知道在這個節骨眼上繼續三緘其口大概也沒什麼太大的意義，於是再經過一番小小的猶豫之後，才輕咬了一下嘴唇，說：「其實我來瑞士的目的，也和您們的職責一樣，是在查探這兩人在瑞士的作爲。我想證明，他們是不是在替某個政治勢力幹著黑錢漂白的勾當……」

「替台灣的政府？」阿荷曼毫不掩飾地問。

「嗯——」劉颸浪有點遲疑。接著他便乾脆把話匣打開：「不瞞兩位，台灣的現任政府跟世界其他某些國家一樣，不是很乾淨，說明白些吧，就是貪污得很厲害，掌握權力的最高層領導和一些民間利益財團形成一個像鐵網般牢固的集體貪腐共犯結構，把黑箱作業刮進袋裡的巨額黑錢透過自己建立起來的洗錢管道在海外漂白——呃……呃，尤其像瑞士或列支登斯坦您們這些以審慎運作金融投資而聞名全球的國家……」，這該怎麼說才好呢？劉颸浪努力回憶他腦子裡擁有各項資訊的細節，思考著如何參照這兩名瑞士刑警剛剛對他透露有關錢達任和那名非洲人的新訊息，將之串織成脈絡分明的經緯線路，然後言簡意賅地去回答對方。

種瓜得瓜，種豆得豆。他想起了兩個星期之前某一天，《環球日報》的趙老總突然收到一通神秘電話，說有重要的消息要提供給報社，希望雙方能找個隱密的所在好好談一談。

會晤密談的結果，趙總欣喜若狂。原來，主動約晤的人是國安局當今已非主流系統的人馬，因爲看不慣當權派八年來仗著政黨顏色的特權與便利，處處打壓前朝的遺臣和同事，受壓制的非主流派自然鬱鬱難當，無時不伺機反撲，以宣洩抑壓所累積的不滿。

簡直是老天賜給本報的一份厚禮。趙總有點不敢置信，爲何上天會這麼獨厚於他的報紙，這是不是含有「降大任於斯報也」要他來「替天行道」之意？畢竟，原本鳥語花香的寶島被眼前這個不仁不義的政權惡搞了八年，不僅僅是民間的日子過得夠苦，就連大部份在朝當官的，也是過得戰戰兢兢，捱得了今日便不知是否還有明天……

層峰的軍師最有興趣替大老闆搞外交出訪的戲碼了，針對一些落後的小朋友國家提供經援，想方設法籌足所需的銀子，藉著出訪在外頭享盡紅地毯的風光與榮耀，滿足了光環照頭的虛榮，與台海對岸的中國打起外交資源的爭奪戰來。烽火外交嘛，越亂越好，還可以好好利用這種機會在數十名記者的鏡頭面前痛批藍色反對黨一番，把這新聞內容回銷台灣，爭取政治議題的制高點。哈，渾水摸魚，一本萬利！

出面約晤趙總的那個國安局非主流派人士帶給他一個足可稱之爲秘辛的內幕——有個旅居德國多年叫作錢達任的台籍人士，據說近年來遷到蘇黎世做起貿易和個人理財投資服務的生意，和大軍師及最高層峰保持有某種神秘的財務聯繫關係。相關的細節，則暫無線索可查，也不知這個人的眞正聯繫地址與電話號碼是什麼。不過，可以確定一點的是，大軍師近日來似乎對此人表示特別的不滿，輒有怨言，斥說這些年來外交出擊的成果都要毀於「他們」這幫人的手裡了。至於這裡所稱的「他們」是指哪些人？則不是很清楚。依研判，指的應該是以錢達任爲首的一些人物，其中還很可能包括一個住在蘇黎世不知名的非洲商人。

這事過了一個星期之後，也就是劉颱浪動身到瑞士來的一週之前，台灣黑道圈子裡屬於ＭＭ幫旗下一個企業集團的林老董也是如此神秘兮兮地與趙總約晤，當面向他透露了個頗爲驚人的消息——

「趙總，你別問我這個消息是從哪兒弄來的，那個爆料天王邱大大有本事爆那些貪腐高層的臭料，我也有本事爆一些更爲來勁的好料。你，先聽我簡單把內容說一說，然後衡量看看值不值得你出個合理的價錢把這消息給買下；接著，小弟兄我要建議你從報社裡挑出一位最有經驗、行動最機靈、外語基礎好的記者到瑞士去挖寶。我敢保證，你們挖出來的資訊，絕對會是個大獨家，這條新聞的價值便不僅僅止於你們報社的招牌了，說句良心話，你們還在替天行道、伸張轉型正義哩……」

就這樣，趙總聽取了林老董的說明，瞭解了有關現任政府高層貪腐共犯結構黑錢的去向極可能存放在列支敦斯坦以及瑞士兩國銀行裡，而這些秘密帳戶的持有人和密碼黑名單也極有可能得以透過某種特殊而可靠的管道獲取到手。於是他便興奮地在與對方討價還價中，以雙方都認爲可以接受的合理價格完成了這樁資訊買賣的交易。

無獨有偶，在劉颱浪雀屏中選準備要啓程的前幾天，竟也意外地有如錦上添花接獲了一個來自海關的消息。——原來，他那個任職於財政部基隆關稅局進口報關稽查員的親外甥張峻成在執行業務的過程中，發現有一件瑞士接單、非洲Y國出貨到台灣某公司的礦砂三角貿易案子，其中的報關似乎有低價高報之嫌。一般進口商都是於輸入時想盡一切方法向海關以高價低報，企圖逃漏稅金，所以張峻成覺得這件案子的情況有點反常。再經細查過去的老檔案，進一步發現這家公司已不止一次是這樣的情況，在最近兩年之內至少已出現過六次了，相關的出口供應商則一成不變是那設址於蘇黎世由非洲人Wabeributi主持的Universal Metalle AG公司。

將這些蛛絲馬跡逐一串接起來，便不難勾勒出一幅顯明的圖像來——現任政府高層的整個貪腐共犯結構將污來的黑款透過此一途徑進入瑞士清洗漂白。

「其運作的流程是，」劉颱浪開始對兩名瑞士刑警作較有理路的陳述：「說起來也很慚愧，眼前您們所偵辦的兩件命案，其實直接牽涉到台灣政府領導階層的貪污與洗錢事件。這些年來我國政府最高層或透過外交出訪的機會，或運用特權暗將國產賤賣給某些有親信與裙帶關係的財團，甚至打破傳統的任官制度以空降方式任用非外交專業出身的外行人士出任駐外代表，這些舉措及運作的背後，往往暗藏了龐大的金錢利益爲回報。這些回報的黑錢，當然必須想辦法弄到海外存備起來，以便將來政權易手之後安享後福……」

「嗯，劉先生，對不起，請容我打個岔！」阿荷曼揚起左手作了個手勢，問：「您說的三類不正當貪錢手法裡，後面兩類我可以理解，但是以外交出訪的方式——」

劉颳浪打了聲哈哈說：「貴國的政治比較上軌道，司法和民意監督得很徹底，一切政治運作都遵守明確公平而透明的遊戲來玩，當然是無法想像台灣與開發中小國家之間那種金錢外交手法的污濁。明白說穿了便是：台灣與金援接受國之間有暗盤交易——事先與對方講好，在經援的數目中抽取若干比例當回扣，透過設定的某種特殊管道回流到台灣政府高層某些集體共犯結構的手中。」

聽到這兒，悠麗雅按耐不住插話：「Wabeributi的Universal Metalle AG和錢達任的公司，便是您所稱的某種特殊管道，對吧?!」

「一點也不錯！我動身到瑞士來之前，便已根據手頭蒐集到的相關資訊將整個事象勾勒出一幅鮮明的構圖來了——不管是非洲或是拉丁美洲哪一個國家接受台灣的經援，其回扣黑錢大多透過Wabeributi的公司以對台轉口貿易的形式先將包括礦砂在內的貨品以高於國際價格的報價進入台灣，再由台灣與政府高層有特定勾結關係的進口商將貨款匯到蘇黎世的Universal Metalle AG公司，繼續由Wabeributi將這些錢當作投資款轉入錢達任的投資理財公司，由他運作，將一筆一筆的『投資款』化零爲整地以瑞士銀行爲洗黑中心，完成漂白的動作。」

阿荷曼組長和刑警悠麗雅仔細聽完劉颳浪說明他所掌握有關錢達任和Wabeributi兩樁命案的資訊及其間的交互關聯性，先以職業上的默契不約而同地交換一個眼神，然後由阿荷曼提出他的疑問：「那麼，現在請您說說看，這兩人又怎會遭到謀殺呢？根據我們掌握的線索，他們兩人的被殺，似乎跟您在蘇黎世現身以及您這兩天在查探這兩人的底細有直接的關聯……」

「講到這個節骨眼，」劉颱浪朝兩名刑警點了幾下頭，帶著似笑非笑的表情說：「我想先請教您們一個問題：在查探錢達任的銀行資訊過程中，有無什麼特別引起您們啓疑之處？我知道貴國的銀行一向是以保護客戶的機密聞名全球，即便是受到大國如美國或歐盟的政治壓力都不會輕易洩露業務機密的，這是貴國金融產業的罩門！」

「但是，如果警方掌有當事人刑事犯罪的事實或罪證，還是可以向檢察署申請調閱銀行客戶的帳戶資料以作辦案的參考！」

「這就對了。」劉颱浪很快接腔說：「我國汪傳浦的拉法葉黑錢案也是在台灣政府出示明確的犯罪證據之後，請求貴國政府本著司法協助的精神將存置於瑞士銀行的黑錢解凍歸還台灣的。」

「好吧，」阿荷曼很快思考了幾秒鐘，說：「我們查出錢達任除了以某個特定名義將Wabeributi匯到他帳戶的投資款轉向其他銀行進行金融投資或在其他地區購置房產之外，最近這一年還有一部份是直接以他錢達任個人名義開了好幾個瑞士境內和境外的投資新帳戶……」

「這就對了！」劉颱浪大聲說道：「這正是他被殺原因之所在！」

兩名刑警有所期待地望著他。

「我的推論是：錢達任和Wabeributi兩人都背叛了他們的主子，將交付他們漂白的不義之財黑吃黑污進了自己的口袋裡。」劉颱浪析述他的看法：「最近這兩三個月來大致可以看得出台灣政局發展的走勢——現任政府多年來的族群刻意操弄以及仇中、挑釁北京政府的烽火外交政策都在老百姓切身體會了經濟倒退、民不聊生的慘痛感受之下，急遽失靈，貪腐政權危在旦夕。錢達任以他身在海外擔任洗錢者的角色，將其中一部份黑款來個黑吃黑侵吞掉，貪腐政權這下可就等於啞子吃黃蓮有苦出不出了。

而，這個洗錢管道的共犯Wabeributi也是基於相同的理由，眼見自己母國的政權早晚會被叛軍勢力趕下台取而代之，所以也在錢達任的慫恿之下，相互配合玩起黑吃黑的遊戲來。反正，人在海外，更擁有外國護照，兩國政府鞭長莫及，對於貪腐贓款被黑吃黑的事也不敢張揚。唯一能夠報復出口惡氣的，便是指派殺手逼他們把錢吐出來或將他們做掉。此外，我不排除還有一種可能性……」

「您請說！」悠麗雅追問得有點迫不急待。

「錢達任也極可能向他台灣的主子提出某種程度的勒索！」

「譬如？」

「當然這只是我個人的猜想——譬如保證不追究也不討回這些錢，或加碼再撈一筆更大的款子，甚至要求一官半職過過幾個月的乾癮也是痛快……」

* * *

「現在，劉先生，能告訴我們有關攻擊您的兇嫌是怎麼樣的一個人嗎？哦，對了，還有動機。」

劉颮浪眉心略微皺了一下，目光對著悠麗雅說：「我不知道您們警方對於攻擊我的那名男子掌握了哪些具體的線索，我自問從來不認識此人。至於他要置我於死命，箇中的道理相信您們也懂——他的主子在台北掌握了我們報社正在挖掘這樁醜聞的事實，他們想知道我究竟已經挖到什麼樣的程度。我猜，您們兩位同事現身救我之前，那個攻擊我的人可能打算先將我擊倒，然後慢慢折磨我，逼問我此行到底探出了些什麼端倪來，最後才把我幹掉。現在，我可以憑腦中存有的資訊試著歸納並草繪出一個畫像來。」

阿荷曼和悠麗雅聚精會神地聽著，不再打插。

「我斷定這名兇嫌對於我一路由台北出發、乃至飛抵蘇黎世機場下機後住哪家旅館的整個行蹤掌握得一清二楚。此外，他似乎也對錢達任和Wabeributi的起居作息情況瞭如指掌。我猜，他過去一定好幾次奉命來過瑞士觀察或監視這兩人。還有，他知道我的手機號碼，這號碼在瑞士我總共只給過包括Miss Widmer您在內的三個人而已。由此可以證明，絕對是台北『有關方面』提供給他各種的詳細資料。他利用公用電話與我聯繫，目的就是要避免留下自己的手機號碼，以免曝露來自台灣的身分。從這個角度切入來推論，他一定也知道錢達任和Wabeributi的電話與手機號碼，還有他們兩人的住處。我推想，他早於一個星期之前便已來到蘇黎世作好殺人的準備了。」

「對不起，我得打斷您一下，」悠麗雅問：「您怎麼確定這個神秘的兇嫌是來自台灣？他也有可能是港澳甚至大陸的殺手呀。他若是來自台灣，究竟搭乘哪家航空公司的班機來瑞士呢？」

「先答覆您第一個問題：我從對方的『標準國語』裡聽出那是台灣式的北京話。接下來回答您有關台灣飛歐洲特別是到瑞士的空中交通問題：一般來說，從台北起飛多半應是搭乘中華航公司的班機，到了德國的法蘭克福再轉瑞航到蘇黎世來。當然也可能搭其他國家的班機，例如經其他城市轉機的荷航或長榮等等。不過我想，他應該和我一樣，也是搭乘華航。」

「好，那就請您告訴我們，這兇嫌是怎麼將手鎗攜帶上機的？可別忘了現在各國機場登機前的防恐安檢極爲嚴格。何況他必須經過兩個國家的機場空安檢查。」悠麗雅提出她的疑點：「就算他在台北是經過您們政府特別安排而攜鎗搭上華航的班機，但到了法蘭克福轉機時也過不了德國人安檢這一關呀！」

劉颩浪以稱許的表情朝悠麗雅點點頭說：「我很佩服您的專業思考。只不過，問題的癥結在於他根本就沒帶鎗上機！」

「沒帶鎗上機？」悠麗雅面部表情有點錯愕。

「您想問，他的鎗是怎麼來的，是吧？」

悠麗雅縮縮脖子，做了個怪臉。

劉颩浪揚揚兩道眉毛。「他是到了蘇黎世之後，前往精密玩具店或有關的店買一支足以亂眞的玩具手鎗配合另外買來的球棒作案！當然也有可能放在託運的行李內隨機運到。」

「嗯，現在這名兇嫌和整個案情的輪廓開始明朗起來了——」阿荷曼似乎在替劉颩浪作總結：「一、他是貴國政府派出來或由高層某個特定人士聘用的殺手；二、貴國政府也有情報知道您要到瑞士來查探與貪污洗錢有關的背景；三、此人的幕後指使者急於在您抵達瑞士之前先探出錢達任和Wabeributi兩人是不是已和您掛上了鉤，並且要設法逼他們把吃掉的黑錢吐出來，然後殺掉他們滅口；四、同理，他也想知道您究竟對整個事情的內幕已挖到什麼程度，然後同樣要置您於死地。」

「組長先生，」劉颱浪清了清喉嚨，說：「所以，您現在應該可以歸納出怎麼緝捕這名兇手的方式了吧?!」

「您也似乎滿懷信心。我倒想先聽聽您的步驟！」

「我以前也在調查單位幹過，本案理論上只要清查一週前由台灣飛往法蘭克福的華航班機以及由法蘭克福飛來蘇黎世的瑞航或德航班機旅客名單，逐一過濾有哪幾個台灣旅客在瑞士停留大約一週上下的，基本上便可以從中篩出兇嫌來了。」

二〇〇八年三月七日星期五，Anti green bandi的網路嘴炮戰爭（四）

「#五八：

等著瞧吧，藍綠兩色的子民們，這兩三天之內台灣將會出現比爆料天王更來勁的好料請大家嚐嚐，保證綠意盎然，營養可口。吃盡八年的苦，過了三二一就會慢慢消褪的，再忍著點，各位拭目以待吧！

Anti green bandit」

大獨家

辦妥了劃位及行李託運手續，離登機尚有足足四十分鐘，劉颫浪在蘇黎世機場大廳一時顯得無事可幹。早晨起床吃過旅館的早餐之後，他利用時間給台北他最喜歡上網與綠民打嘴炮的那家報紙找一則與大選有關的新聞發了幾句含有預告意味的訊息，並且與藍綠兩派的新聞網民言詞交往了幾回過足了放炮癮之後，才從容不迫地收拾雜亂四散於整個房間的行李，打好包準備上機場。離開旅館之前，還利用手提電腦給趙總發了封電子郵件：

> 趙總，事情辦得順利，這次的瑞士寶山之行的確挖到珍寶了。雖然遭到了一點小麻煩，但有驚無險，逢凶化吉，可以大筆發揮寫成一篇獨家大內幕。錢是花了一點，就和前天在電話裡跟你報告過的，昨天已和《蘇黎世大觀報》簽妥合作契約，這兩天此行目的所要蒐集的重要資訊大致可以到手。一顆震驚台灣的強力新炸彈馬上就要爆炸了，回到台北之後再當面向你詳細報告，初稿我已有了構思……

班機起飛一個小時之後，依窗而坐的劉颫浪靜靜地望著機艙外頭的浮雲出神。航機隨著氣流產生陣陣輕微的顫動，他的腦海也好像配合著在波動。

說他已經胸有成竹，構思竣妥，其實也可以說未必。因爲，炒菜的材料是有了，而且很豐富，但思緒還是有點雜亂，炒出一道與眾不同的色香味俱全好菜，可得靠刀工和炒工。這篇內幕報導該從什麼樣的角度切入，才會展現出應有的驚爆力呢？且試試就以這樣的方式切入如何——

二〇〇八年二月十四日，德國郵政部長克勞思．朱問柯（Klaus Zumwinkel）遭司法單位以涉嫌逃漏一百多萬歐元稅金之罪名拘捕。五個小時之後，他雖獲准交保候傳，卻於次日宣布辭職。德國財政部的說法是，朱問柯的財產未經申報出境，偷偷存放於列支登斯坦全球信託銀行（LGT/ Liechtenstein Global Trust），藉以規避向德國政府繳稅，此一逃稅行為之所以會被稅務單位查獲，乃是德國聯邦情報局花了五百萬歐元向一名曾經在該銀行服務過的資訊專家韓利希．季博（Heinrich Kieber）買下他以光碟盜錄下來的客戶資料，掌握了所有來自列國境外的存款者名單。這名銀行內賊離職後，曾多次向ＬＧＴ銀行勒索，嚐盡不少甜頭，更將資料以五百萬歐元的高價賣給德國情報局，並獲發給一本德國護照，讓他隱名沒姓，到其他國家落腳，目前人可能在澳大利亞；但因為身分已有被識破之虞，德國政府又發給他另外一本新護照，以便他遁隱到中南美洲去。

二月十七日，德國司法機構開始在其境內各大城市的銀行展開突檢，次日更在設於慕尼黑的瑞士規模最大「瑞士聯合銀行」（UBS/ Union Bank of Switzerland）分行進行相關資料的搜索。德國媒體指出，大約有一千餘名德國存戶被司警單位列入涉嫌透過列國及瑞士銀行向國外逃漏稅的黑名單之內。德國與列支登斯坦兩國之間所謂的「稅務戰爭」自此拉開序幕，雙方政府領導人均親自披掛上陣，公開在各自的媒體上公婆各有其理地唇槍舌劍，相互攻防。列支登斯坦司法單位更是對季博發出全球通緝令。

無獨有偶，另有一名現年六十歲曾任職於列支登斯坦另一家銀行——列支登斯坦國家銀行（ＬＬＢ）——的內賊也因同樣的行徑於二〇〇三年在德國被捕，當時他也是利用職務上的便利偷偷複製了二千五百個銀行客戶的資料，向他服務的銀行勒索一千一百多萬歐元。不過，他雖然失風，所有的資料卻掌握在以米哈艾爾・傅萊塔格（Michael Freitag）為首的一夥手中，得以繼續作案。

在最近的三年之內，傅萊塔格先後把他手中的客戶黑資料分三批向ＬＬＢ銀行勒索。先是於二〇〇五年八月得款五百萬歐元後，交還七百個客戶資料；第二次是二〇〇七年八月，得款四百萬歐元後還回銀行九百個客戶資料；最後一次應於二〇〇九年八月再得款五百萬歐元，同樣還回九百個客戶資料。

然而，畢竟上得山多終遇虎，夜路走多必撞鬼！二〇〇七年十二間，他將得款一千四百萬歐元存入德國Rostock附近的一家商業銀行時，被人識破而失風就擒。剩下的那九百個客戶資料，則仍由逍遙在外的兩三名同夥繼續透過律師向德國政府討價還價，或酌將傳萊塔格刑量寬減，或出錢買下所餘的資料。

當然，這幫經濟罪犯也同時向全球各國有興趣的政府、機構或個人兜售這些資料。這年頭，人不自私就天誅地滅，供與求之間各有其市場。德國政府不惜違背司法公平與正義的原則來與罪犯進行交易，說起來也是為了利益——國家的利益。據估計，若能根據買來的黑資料逐一向所涉及的相關銀行追查德國客戶的逃漏稅情形，應可為政府追回大約四十億歐元的稅款！

這一事件，已在國際引起極大的關注。逃稅漏稅的大戶，心有戚戚；西歐及美國等各國政府，則對於出錢價購這些黑名單表現出摩拳擦掌的高度興趣。那麼，台灣的國稅局呢？——假如也透過某種特定的管道弄到這方面的資料，是不是也能追回不說是天文數目也應算得上大得令人咋舌的國產？……

想到這裡，蘇黎世大觀報以及女記者莫妮卡的身形立刻湧現他眼前。他默禱著希望台北的《環球日報》與這家蘇黎世報紙的合作會有具體的成果。深深跌入沉思中的劉颱浪禁不住自問，列支登斯坦以及瑞士的銀行制度錯了嗎？還是德國本身的課稅制度出了問題，以致一向嚴謹守法不阿的德國人也會捨正路而走旁門左道？而台灣呢？台灣的政治與社會正義又如何？整個制度面的結構能獲得多少人的認同？他，劉颱浪，認同了嗎？

他一時迷惘了。困惑他思維的霧，正如同機窗外一團又一團的雲層。

雅萍遠在北京的倩影又浮上他腦際。他情不自禁地咧嘴一笑，笑得讓剛巧經過座位旁邊走道的空姐覺得他有點怪異。

【全文完】

〈洗錢大獨家〉後記

寫這篇小說，緣之於網路政論雜誌《大眾時代》主編之一楊渡兄的鼓勵。那時，大約是二〇〇八年一月初吧，他來電郵說，許多台灣人對於扁政府的貪腐與蠻橫確已忍無可忍，而，三・二二大選戰在即，全島的人不分藍綠都在盡全力拼搏、搶奪或保衛統領二千三百萬人的執政權。大選的結果如何，自然是人人全心關切。《大眾時代》經過企劃，有意推出一個反映現狀而又具有特性的單元專欄叫作「推理三・二二」，準備籲請台灣創作推理小說的好手，從犯罪推理文學的角度來「預測」這場選戰的結局。當然，每篇作品也不一定必須採取眞正的推理小說寫法，不管是根據事實的邏輯推演，或是異想天開的臆測都可以下筆。他問我有無興趣參與共襄盛舉，因爲他知我是素以創作推理小說爲職志的。

接題之後，我遲疑了，心想，這可難啦。一向，我創作推理小說都是經過長年觀察、蒐資、構思並將擬下筆的情節作了一番細部的紙上推演之後才動手的，而且很堅持慢工出細活、重質不重量的原則。這次的臨時就題「應試」，說眞格的，我無法「接招」，更苦無下鍋炒菜的配料。所以便在「讓我試試看」的含糊其詞之下，拖了個把月一直沒回覆他，而他也沒再來電相催。

說來也是無巧不成書。二〇〇八年二月中下旬瑞士及德國的報紙突然每日爆炒德國與列支敦斯坦侯國之間的「稅務戰爭」事件，我興味濃烈地逐日仔細追讀報導內容。讀著讀著，哈，陡地靈光一閃，居然像電氣開關一樣，讓我啓動了德、列兩國爆發稅法爭端的電流，去與台北扁政府某些違逆常理的事件給聯通起來，引爆我創作〈**洗錢大獨家**〉這篇反貪腐犯罪推理小說的點子。於是我披掛上陣，快筆疾書，打破個人二十年來創作推理小說的習慣，居然「膽敢」每日下班之餘一邊構思情節內容一邊下筆一邊傳給雜誌連載，而不怕寫得漏洞百出、前後矛盾（事實上在連載期間我也的確發現許多不合邏輯之處，甚至連一些人物也前後搞混掉了！幸虧都一一在傳送出去之前再度仔細閱讀兩、三遍，終能發現不對勁之處而及時予以修正）。所以，在三月二十二日大選之日的前十一天，也就是二〇〇八年三月十一日，我這篇以推測扁政府整個貪腐共犯結構如何貪腐及銷贓的虛構犯罪推理小說便毅然見刊於《大眾時代》（當時的標題是「**三二二大獨家**」），一直連載到二〇〇八年四月七日爲止。

如今，整個台灣正在熱烈探討、追究阿扁的黑錢究竟如何被洗到海外，各派理論與推斷紛紛出籠。因此，個人覺得拙著中所述及的部份情節和舉引的資料，似也可以拿來作個野人獻曝，提供給有心之士視爲追探箇中來龍去脈的另類參考材料。這十年來，住在台灣的一般民眾，多已在政治人物、媒體及名嘴輪番炒作「本土意識」的喧囂中慘遭蒙蔽心智，舉凡國際局勢的演變以及海外政治社會大環境的遞嬗，均不受重視，大家心中所思所想、耳目所聞所見，除了台灣本土藍綠鬥爭的你死我亡以及爾虞我詐之外，別無他物，朝野雙雙困囿在一口小井裡觀觀天、玩玩家家酒。因此禁不住自問：是否到了該眞正痛下決心敞開胸懷，努力拓寬國際視野的時候了?!如果我們的媒體，我們的名嘴和我們的民眾平時都能稍微用點心留意國際新聞，當不會錯過近兩、三個月以來瑞士規模第一大的「瑞士聯合銀行」（ＵＳＢ）如何因其在美國若干分行涉嫌替大款客戶逃漏稅洗錢到歐洲而被美國政府整得氣都喘不過來，頻施壓力逼該銀行必須將客戶資料交給美國查辦的大新聞。而德國政府也一如我在〈**洗錢大獨家**〉這部小說裡所描述的那般，不惜動員情報局的力量配合政府施壓，積極向瑞士及列支敦斯坦兩國的銀行追查洗錢客戶的黑底。有鑒於此，歐洲若干小國家一向以保密措施吸引全球黑錢的的銀行，由於其嚴密的黑箱運作機制現已受到德、美等大國的「追勦」，新加坡正有慢慢變成歐洲客戶樂於前往尋求「金融庇護新天堂」的可能。

推理小說的題材是多得寫不完的。精耕本土之餘，若把視野放得更寬遠些，可供馳騁的疆土廣袤得很呢。

余心樂　識於二〇〇八年八月二十二日　瑞士蘇黎世

國家圖書館出版品預行編目

洗錢大獨家 = Money laundering / 余心樂著.
-- 一版. -- 臺北市 : 秀威資訊科技, 2008.
12
面； 公分. --(語言文學類
PG0217, Detective eye series ; 1)
BOD版

ISBN 978-986-221-119-9(平裝)

857.63 97021807

語言文學類 PG0217
推理之眼 Detective Eye Series・1

洗錢大獨家

作　　者 / 余心樂
發 行 人 / 宋政坤
執行編輯 / 黃姣潔
圖文排版 / 張慧雯
封面設計 / 李孟瑾
數位轉譯 / 徐真玉、沈裕閔
圖書銷售 / 林怡君
法律顧問 / 毛國樑　律師
出版印製 / 秀威資訊科技股份有限公司
台北市內湖區瑞光路583巷25號1樓
電話：02-2657-9211　傳真：02-2657-9106
E-mail：service@showwe.com.tw
經 銷 商 / 紅螞蟻圖書有限公司
台北市內湖區舊宗路二段121巷28、32號4樓
電話：02-2795-3656　傳真：02-2795-4100
http://www.e-redant.com

2008 年 12 月　BOD 一版
定價：220元

讀　者　回　函　卡

感謝您購買本書，為提升服務品質，煩請填寫以下問卷，收到您的寶貴意見後，我們會仔細收藏記錄並回贈紀念品，謝謝！

1.您購買的書名：________________________

2.您從何得知本書的消息？

☐網路書店　☐部落格　☐資料庫搜尋　☐書訊　☐電子報　☐書店

☐平面媒體　☐ 朋友推薦　☐網站推薦 ☐其他__________

3.您對本書的評價：(請填代號　1.非常滿意 2.滿意 3.尚可 4.再改進)

封面設計____　版面編排____　內容____　文/譯筆____　價格____

4.讀完書後您覺得：

☐很有收獲　☐有收獲　☐收獲不多　☐沒收獲

5.您會推薦本書給朋友嗎？

☐會　☐不會，為什麼？______________________________

6.其他寶貴的意見：______________________________

____

____

____

讀者基本資料

姓名：________________　年齡：_____　性別：☐女 ☐男

聯絡電話：______________ E-mail：________________

地址：____

學歷：☐高中(含)以下　☐高中　☐專科學校　☐大學

☐研究所(含)以上 ☐其他_____________

職業：☐製造業 ☐金融業 ☐資訊業 ☐軍警 ☐傳播業 ☐自由業

☐服務業 ☐公務員 ☐教職　☐學生 ☐其他__________

請 貼
郵 票

To：114

台北市內湖區瑞光路 583 巷 25 號 1 樓

秀威資訊科技股份有限公司　　　收

寄件人姓名：

寄件人地址：□□□

(請沿線對摺寄回,謝謝!)

秀威與 BOD

BOD（Books On Demand）是數位出版的大趨勢，秀威資訊率先運用 POD 數位印刷設備來生產書籍，並提供作者全程數位出版服務，致使書籍產銷零庫存，知識傳承不絕版，目前已開闢以下書系：

一、BOD 學術著作—專業論述的閱讀延伸
二、BOD 個人著作—分享生命的心路歷程
三、BOD 旅遊著作—個人深度旅遊文學創作
四、BOD 大陸學者—大陸專業學者學術出版
五、POD 獨家經銷—數位產製的代發行書籍

BOD 秀威網路書店：www.showwe.com.tw
政府出版品網路書店：www.*gov*books.com.tw

永不絕版的故事・自己寫・永不休止的音符・自己唱